ブッツァーティ短篇集 I

魔法にかかった男

ディーノ・ブッツァーティ

長野 徹 訳

東宣出版

目次

チェーヴェレ　5
騎士勲章受勲者《カヴァリエーレ》インブリアーニ氏の犯罪　13
変わってしまった弟　25
新しい警察署長　35
剣闘士　41
家の中の蛆虫　49
リゴレット　61
エレブス自動車整備工場　69
個人的な付き添い　81
巨きくなるハリネズミ　89

魔法にかかった男 99
機械 113
ヴァチカンの鳥 129
新しい奇妙な友人たち 141
あるペットの恐るべき復讐 153
大蛇 161
偶像崇拝裁判 171
勝利 187
聖アントニウスの誘惑 197
屋根裏部屋 209
訳者あとがき 254

ブッツァーティ短篇集Ⅰ

魔法にかかった男

チェーヴェレ

Cèvere

七年ごとに、チェーヴェレは、細長い丸木舟で大きな入り江まで川を遡《さかのぼ》る。そしてナエル村のそばに舟を着け、死者を乗せる。これは伝説で、その地域の黒人たちは、格別の関心を払うことなく信じている。彼らは好奇心も恐怖も抱いていない。まるで、私たちが、都会のうす青い夜明けにやってくるゴミ収集人を気にも留めないように。だからほとんど誰も、七年目がいつなのかを憶えていないし、チェーヴェレがやってくる日を数えてもいない。

チェーヴェレは、背が高く、夜のように黒く、若くもなければ年寄りでもない。これまで誰もその顔をはっきりと見たことがない。後ろに目がついていると言う者もいれば、人間たちに見られないように、白い布で顔を覆っていると言う者もいる。彼は舟で静かにやってきて、人気《ひとけ》のない岸辺に舟を近づけ、死者を探しに密林の中に消えてゆく。そして夜の帳《とばり》が下りる前にもどってきて、死者たちは二人ずつ並んで大きな丸木舟に座り、櫂《かい》を握る。チェーヴェレは長い竿《さお》を持って舳先《へさき》に立ち、時々その竿を水にさし入れて進路を修正する。やがて舟は南にむかって川を行き、闇に呑《の》まれて消えてゆく。

いましがた私は、今年はチェーヴェレがやってくる年だと、村の古老から聞かされた。だが、正確な日までは教えてくれなかった。それでも私は漠然とした期待を抱きながら、懐疑的な仲間たちを残して、十八時頃、川の入り江を見下ろすように灌木《かんぼく》の原から突き出た赤い岩山の上に登った。周囲は一面、見渡すかぎり、陽射しに焼かれた灌木が生い茂る荒地だった。この黄色味を帯びた荒野に、こんもりと枝葉を茂らせた巨木に縁どられた川の流れが、目の覚めるような緑の筋を描いていた。私は、岸のそばにそびえる一本の木の陰に、かすかに揺れている空の舟を見た。

私がナエルに来たことは、じつに大きな意味を持っていた。というのは、数か月を待ってようやく、弁務官事務所でブリッジのゲームが可能になったからだ。ほかのメンバーは、弁務官、医師、そして鉱山技師だという風変わりな男だった（だが私は、彼がこんな辺鄙《へんぴ》な土地にいったい何をしに来たのか今もってわからなかった）。彼らは、おそらく深夜まで続くことになるゲームを始めたくてうずうずしていたので、早くもどってくるように私に念を押した。だが、私の心臓は高鳴りはじめていた。まるで、これまで何度も失望を味わってきて、ついに瓶の中から悪魔が出てくるのを目にした魔法使いのように。あたりは深い静寂に包まれていて、時折、カラスやハゲタカやミサゴの鳴き声によってわずかにかき乱されるだけだった。岸辺に打ち捨てられ、揺れているその舟ほど、のどかで無害なものはなかった。それでも私には、その舟が超自然的な存在の証《あか》しのように思われて、激しい興奮にとらわれた。

それから、私はこう考えて気持ちを静めた。なぜ、あれがチェーヴェレの丸木舟だと言えるのだ？　このあたりの漁師たちはこれに似た舟を使うのではないだろうか？　そこで、私は小さな岩山から降り、勇気を出して、舟から二百メートルほど下流の岸辺の、緑の茂みの中で待ち伏せることにした。黄色味を帯びた川は、未踏の地を、アフリカの深奥をめざして、悠久の旅を続けていた。

私は自問した。『もしかして怖いのか？　どうして、そんなに落ち着かないのだ？　子どもよりも始末が悪いな！』『そんなことはない』私は本音を偽った。『みんなが待っているんだ。今頃はテーブルについて、僕がもどってくるのを待っているだろう。どっちみち、ここには誰も来ないだろうよ』『嘘だ！　みなでたらめだ。おまえは怖いのだ。おまえは、こういうことには向いてない。そういうわけさ。おまえのような者が首を突っ込むことではないのだ！』あたりはすでに暗くなっていた。

突然、たまたま水の渦に押し流されたように、丸木舟が岸辺に近づいたかと思うと、岸から数人の人影が現れて舟の中に滑り込んだ。距離のせいではっきりとはわからなかったが、どこか体の輪郭が曖昧《あいまい》で、ふわふわしていて、うまく説明することはできないものの、私たち生身の人間とはちがうように思えた。不安げに丸木舟の中に乗り込んだ彼らは、二人ずつ順々に並んで、舟は満員になった。席に着くと、じっと動かずにいた。私は言葉にできない興奮に、胸がいっぱいになった。やはり本当だったのだ！

と、そこへ、彼が現れた。岸から舟に乗るところは見なかった。気づいたときには、すでに舳先に立っていた。すらりと背が高く、驚くほど美しかった。だが、その顔は見えなかった。夜のように黒い裸の体とは対照的に、顔は光る染みのように見えた。ありふれた人間たちと舟で出発する準備をしているありふれた男であるかもしれないなどという考えは、まったく私の頭に浮かばなかった。彼なのだ。謎めいた世界の深奥から躍り出てきたチェーヴェレなのだ。そしていま、ナエル村でひとりずつ集めた、この七年間に亡くなった死者たちとともに旅立とうとしていた。だが、どこへ？　どこへ向かうのだろう？

八つの櫂が水の流れに触れた。丸木舟はゆっくりと動き、樹木が形作る二つの壁のあいだで、私は、チェーヴェレが張り上げる声を聞いた。驚くほど深い声だった。喜びも悲しみも感じられない、地上の悲惨さから少しずつ遠ざかっていくような声だった。「わが名はチェーヴェレ」彼は言った（いや、もちろん私は彼が話す未開の言葉を知らなかった。それでも何を言っているのかはわかった）。「わが名はチェーヴェレ」彼は言った。「われわれは大いなる川の国へ行く。そこでは、幾千幾万の年月が過ぎ去っても人間の喜びが減ることはない」

すると、死者たちも歌いだした。哀切きわまりない合唱で、この世のさまざまなものとの別れを惜しんだ。絹の服、食べ物、夜見る夢、ミルク、太ったラクダ、褐色の肌の娘たち、戦の夢想、子ヤギの味、ああ、なんと短いあいだしか共にいられなかったことか！

「大いなる川の国に情熱を持ち込むことは掟《おきて》が許さぬ」チェーヴェレはますます威風堂々と声を上げた（そして丸木舟がますます立派になっていくように見えた）。「彼の地《か》では、人間の欲望は消え、空気はすがすがしい！」彼は歌った。だが、死者たちはまだ、失ったよきものに涙し、ついに目にすることが叶わなかった美しいものを挙げていた。海、白人たちの町、小鳥のように柔らかな肌の異国のお姫様たち、さようなら、さようなら。けれどもチェーヴェレは、無慈悲にも断固とした態度で、彼らの言うことには耳を傾けようとはせず、あの世の不変の歓びについて歌い続けていた。まもなく死者たちは泣き言を並べるのをやめた。それどころか、静かにチェーヴェレの言葉をくり返しはじめた。

いまや私は、近くから彼を見ていた。すっくと舳先に立ち、権力を示すように、片足を少し前に出し、手には長い竿を笏《しゃく》のように堂々と握っていた。だが彼の顔は、ある種の呪術師たちを想起させ、苦い勝利の表情を浮かべて輝く銀色の仮面の後ろに隠されていて、見ることができなかった。そして舟は、ほんの数メートルの距離まで近づいた。丸木舟は、私のいる岸辺を文字どおりかすめ、私を招いているかのように速度を落とした。仮面に斜めに開いた細いのぞき穴をとおして、チェーヴェレの目がゆっくりと私の目と合った。

『勇気を出せ』私は自分自身に言った。『丸木舟に飛び乗るんだ！　まだ間に合う。おまえはそれを試す、この世で最初の人間になれるんだ！』『とんでもない！』私は震えながら言い返した。『どうせ、ここらの連中の儀式の一つさ。あの仮面の向こうには癩《らい》を病んだ顔があるんだろうよ。それに、弁務官事務所では三人がさっきからずっと僕を待っているんだ』『怖いのだ、おまえは心底怖いのだ、そうなのだ！　チャンスを逃すな。そうすれば、一生自慢できるのだ。ほんのひと跳びすればいい、たったそれだけだ……ああ、もう遅すぎる！舟は行ってしまった』

　チェーヴェレだけが私に一瞥《いちべつ》をくれた。少なくとも、私にはそう思えた。一方、死者たちは櫂で漕《こ》ぎ続けていた。深まりつつある夕闇の中で見分けのつかない塊となって。私は、丸木舟が滑るように去ってゆくのを、どんどん小さくなってゆくのを、やがてとうとう、黒い魂たちの未知なる楽園をめざして森の陰のむこうに消えてゆくのを見た。だが、川からふたたび人気《ひとけ》がなくなり、不安をかき立てるチェーヴェレの声がかなたに消えてゆくとき、私は卑劣にも幸福を感じた。私はまだここに、地理的に知られている領域に存在し、愛着のある肉体をまとい、なじみのある影をしたがえて、まもなくほかの人間たちとカード遊びに興じ、愉快に過ごすだろう。

　私は、掘っ立て小屋のような弁務官事務所にもどり、ゲームのために席についた。何も見なかったと言った。恥ずかしさから顔がほてるのを感じた。カードが配られた。一人目は――弁務官だったが――パスした。二人目も同じくパスした。私は、ハートのエース、キング、ジャックと、ダイヤのエースとキング、スペードのエースを持っていた。五点もの好得点だった。チェーヴェレはもう遠くに、そして、幻のような彼の漕ぎ手たちは闇の中にいるにちがいない。チェーヴェレは、人間の世界に対するひそかな侮蔑《ぶべつ》を抱きながら、あいかわらずまっすぐに立っているにちがいない。私は十分な得点を手にしていた。皮肉で奇妙な幸運だった。私の右側に座っていた医者は、テーブルの上に手持ちのカードの束を置いて首を振った。三人とも私を見て、待っていた。そして私も言った。「パス」

騎士勲章受勲者《カヴァリエーレ》インブリアーニ氏の犯罪

Il delitto del cavaliere Imbriani

ある昼下がり、人嫌いな性格の老人、騎士勲章受勲者《カヴァリエーレ》トゥッリオ・インブリアーニ氏が帰宅すると、家の戸口の前に、たいそう美しい猫が丸まって寝ていた。どっしりとして、丸まると太って、驚くほど滑らかな毛並みの、元気な盛りの虎猫だった。

「前にどこかでこの猫を見かけたことがあっただろうか？」インブリアーニ氏は不思議に思い、記憶を探ってみたが思い出せなかった。それから、身をかがめてなでた。猫は警戒するふうもなく、なでられていた。

彼がなでるのをやめると、猫は立ち上がり、みごとな体を見せつけた。インブリアーニ氏は扉を開けた。だが、中に入る前に、振り返った。猫はふたたび戸口の前に座って、前足を舐《な》めていた。

通りには人気《ひとけ》がなかった。空は灰色で、あたりは静まり返っていた。「ちび、ちびちゃん」老人は喉《のど》を鳴らすような声で呼びかけた。「うちに入りたいか？　ネズミは好きか？」

猫は戸惑ったように彼を見つめた。「ちびや、ちびちゃん」インブリアーニ氏はもう一度呼びかけ、人が猫によくそうするように、唇を鳴らして、キスに似た音を立てた。

猫は、ゆっくりと、まるで無関心なようすで、インブリアーニ氏について家に入った。家の中には誰もいなかった。パートで家の掃除に来ている女は帰ったあとだった。扉を閉めると、インブリアーニ氏は、応接間の肘掛椅子《ひじかけいす》に身を沈め、新聞を開いて読みはじめた。だが、目の端で、絨毯《じゅうたん》の上を調べまわっている猫の様子をうかがっていた。「おいで、おいで」二、三度呼びかけた。猫は近づいた。彼は膝《ひざ》の上に猫を乗せて、なでてやった。やがて猫は喉をごろごろ鳴らしはじめた。『考えてみると』彼は思った。『こんな猫を家で飼うのも悪くはないかもしれないな』インブリアーニ氏はこれまでずっと動物が大嫌いだったのだが！

外で、小さな庭の砂利を踏みしめる音が聞こえた。誰だろうと、猫をソファーのクッションの上に置くと、窓のところに見に行った。五十歳くらいの、帽子もかぶらず、だらしない身なりの、太った女が、何かを探しているかのように、庭の中を歩きまわっていた。インブリアーニ氏は、勢いよく窓を開けた。

「もしもし、失礼ですが、何をなさっているんです？」

女ははっと振り向いた。大きな顔で、小さくて意地悪そうな目をしていた。

「門が開いていたものですから」女は言った。

「それで、」インブリアーニ氏は険しい声で言った。「何のご用です？」

女は挑みかかるような仕草で頭を上げた。「猫を探しているんです」

「どんな猫です?」

「虎猫を……最後に見た人がこの辺を歩いていたと言うので……何かご存じではないですか?」疑っているような口調で付け加えた。

「ここには猫などいません」インブリアーニ氏はきっぱりと答えた。「それに、ここは私有地ではありませんか」

女はしばらく彼をじろじろ見た。そして、門のほうに向かった。インブリアーニ氏は、ガタンと窓を閉めた。猫はと言えば、ソファーの上で眠っていた。

インブリアーニ氏は猫のそばに座って、やさしくなでていた。十分もしないうちにふたたび庭で足音が聞こえた。そして、女の悲しげな呼び声が聞こえてきた。「イリス! イリス! イリス!」

その声に、猫は頭を上げ、長い鳴き声で答えた。

「いまいましい猫め、何を考えているんだ?」インブリアーニ氏は毒づいた。「おれを破滅させるつもりか?」そして急いで、大きくて柔らかなクッションでぎゅっと猫を押さえつけて、黙らせようとした。

猫は抵抗し、もがいた。けれども、猫がもがけばもがくほど、インブリアーニ氏は力を込めて押さえつけた（こいつを自由にしたら、いったいどんなふうに鳴き立てるかわかったもんじゃない）。そして、格闘を続けながら言った。「おとなしくしないか、汚らしい性悪猫め！　黙るのか、黙らないのか？　おれを困らせようというのか？　思い知らせるぞ、思い知らせてやるからな！」

「イリス！　イリス！　どこなの、イリス？　かわいそうに、捕まっちゃったの？」猫の鳴き声を聞きつけたのか、女は庭から、悲しげな声を張り上げながら呼んでいた。

それを聞いて、インブリアーニ氏はますます不安を募らせ、猫を自由にさせまいと懸命になった。「ちょっと静かにしていろ！　しばらく寝ているんだ！　騒ぐんじゃない！　ああ、ようやくわかったか？」

はたして、クッションの下で猫は静かになっていた。インブリアーニ氏の警告が功を奏したのであろうか？　それとも抵抗するのに疲れてしまったのだろうか？　ふたたび何度かびくんと動いたきり、クッションの下で猫がすっかりおとなしくなったのを感じた。

窓に小さな固い物がぶつかる音がした。インブリアーニ氏は見に行った。さきほどの女が、注意を引こうと窓にむかって小石を投げているのだった。

「またあなたですか？　何の用です？」インブリアーニ氏は不意を襲われた者のように、

腹立たしげに叫んだ。「この庭は私有地だということがおわかりではないのですか？」

「猫を探しているんです」女は険しい声で言った。「ちょっと前に鳴き声を聞いたので……ちょうどこのあたりで……あなたもお聞きになりませんでしたか？」

『性悪猫め、クッションから出てこないでくれよ。また騒ぎを起こさないでくれ』そう念じながら、老人は答えた。「ええ、ええ、私も聞いたような気がします。そう、猫の声を……通りのほうからしたような気がしますが……でも、その猫はあなたの猫なのですか？」

「私の？」女はひどく驚いたように言った。「ええ、そうだったらいいんですが……」

「では、どうして心配なさるのです？」

「私が預かっていたんです。イリスの守りをするように……何かあったら、あとで叱《しか》られるのは私なんです」それ以上納得のいく説明をしなかった。

「ともかく、もういい加減にしてください！」失礼しますとも言わずに、インブリアーニ氏は女の目の前で窓を閉めた。

「もしもし」女は、ガラス越しに聞こえるように声を張り上げ、腕を伸ばし、彼にむかって人差し指を向けながら、非難するように言った。「では、あなたは見ていないのですね？」

「ああ、見ていない！」インブリアーニ氏もどなり返した。女は、どう見てもあまり納得していないようすで、首を振りながら行ってしまった。

ソファーにもどったインブリアーニ氏は、クッションの下で猫が静かなのに驚いた。クッションをどけても、動かなかった。

「おい、寝坊助！」インブリアーニ氏は猫の頭をなでて、目を覚まさせようとした。「おい、どうした？　なぜ動かない？」

揺すってみた。足を持ち上げると、異様に重かった。「おい、どうしたんだ？」不安を募らせながらつぶやいた。「おい、目を覚ませ、いいかげんにしろ！」

インブリアーニ氏は何度も揺すり、ひっくり返し、さすってみた。猫は窒息死していた。

『誰にも知られていないのは、さいわいだ』老人は心の中でつぶやいた。『だが、死骸をどうしよう？　家の中に置いておくわけにはいかないし。地下室に隠すのもだめだ。何日かすれば、どんな臭いがするかわかったもんじゃない。では、庭に埋めるか？　もし、誰かに見られたら？　いっそのこと道に投げ捨てるか？　それとも、書類鞄《かばん》に入れて、近くの運河まで運ぶか？』

いや、運河よりも、下水道に通じるマンホールがいい。マンホールは、家と後ろの塀の間の通路にある。他人の目が届かない小道だ。作業はいたって簡単だろう。鉄の蓋《ふた》を持ち上げて、穴に死骸を放り込めばいいだけだ。

そんなふうに考えていると、玄関のチャイムが鳴った。老人はびくっとした。猫の上にクッションを載せると、息を切らしながら扉を開けに行った。

目の前に、金ボタンがついたカラフルな縞柄《しまがら》の上着を着た若者が立っていた。りっぱな家の、いや、ボタンに紋章が刻まれているところを見ると、高貴な家の使用人だ。若者は丁寧な口調で言った。

「お邪魔して申しわけありません。じつは、猫を探していまして。ある人から……」

「猫？　また猫か？」インブリアーニ氏は何食わぬ顔で言った。

「というと？　ほかにも誰か来たんですか？」

「女が……もう二度もね」

「ああ、エルミニアですね……その彼女が言ったんです……猫の鳴き声を聞いたと……ちょうどこの家の中で……ご存知のように、猫ってやつは、逃げ出して、まったく思いもよらないような場所に潜り込むものですから。他人の家だとか」

「ここには猫はおらん」必要とあらば、人を威嚇するすべを心得ているインブリアーニ氏はきっぱりと言った。「納得がいかないのであれば、どうぞ中へ入って、お調べください」

「ああ、すみません。そんなつもりで言ったんじゃないんです。その言葉だけで十分です……失礼します」

翌日、インブリアーニ氏が、行きつけのカフェで座っていると、通りの奇妙な人の行き来に、とりわけ警官たちがうろうろしているのに気がついた（猫はすでにマンホールの中に沈んでいた）。気になって、いつも早耳の店員ジュリオにたずねた。

「猫を探しているんです」ジュリオは答えた。

「猫のために警察が出動しているというのか？」インブリアーニ氏は喉から絞り出すような声で言った。

「行方不明になって、見つからないんです。殺されたんじゃないかと疑われています」

「だとしても、たかが猫だろう！」インブリアーニ氏は必死に笑おうとした。「おそらくどこにでもいるような汚らしい虎猫だろう。わしにはさっぱり理解できん……」

「じつのところ、私にもよくわかりません」店員は言った。「ですが、本当に殺されたのなら……」

「でも、猫だろう。わしらのような人間ではない！」インブリアーニ氏は思わず語気を荒らげ、鋭く、激しい言葉が口をついて出た。そしてそのとき、近くのテーブルに座っているひとりの若者が、自分のほうをじっと見つめながらほほえんでいるのに気づいた。初めて見る顔ではなかった。誰なのか思い出したとき、喉元に恐怖がこみあげてきた。きのう家に来た使用人だ！　そしていま、わざわざ疑われるような発言を彼に聞かれてしまったのだ。

このとき若者はすっと立ち上がると、うやうやしい物腰で近づいてきた。「昨日は本当に失礼いたしました、騎士勲章受勲者殿《カヴァリエーレ》」（さては、あれから自分のことを調べたらしい）「あの女はすっかり気が動転していたんです……私も、あなたのお住まいだとは存じ上げませんでした。でなければ、けっして……」そう言って、やけに大げさな調子で笑っていた。（いま頃、猫は下水の汚い流れに運ばれてしまっているだろう。野原の真ん中にでも。だが、ひょっとしたら……マンホールの穴にひっかかっていないとどうして言えるだろう？　もし、あそこを調べられでもしたら？）

疑念に駆られたインブリアーニ氏はカフェをあとにして、家に向かった。脚が震えていた。ちょうどそのとき、広場で、王の兵士たちがせわしげに、板と角材で台のようなものを組み立てていた。通行人を呼び止めて、彼らは何をしているのかたずねた。

通行人いわく、「猫が殺されたのです。だからいま、殺した者を吊るす絞首台を設置しているのです」

「それで、犯人は捕まったんですか？」

「まだです。けれども、すでに容疑者を割り出しています。おそらく今夜にも逮捕されるでしょう」

「でも、そんなに大切な猫なんですか？」心臓をドキドキさせながら、老人はたずねた。

「すべての猫は大切です」見知らぬ者は答えた。

卒倒しそうになりながらも、インブリアーニ氏は冗談めかそうとした。「何ですって？

ひょっとして王様の猫だったとか？」

「そのとおりです」相手はしごく真面目な顔で言った。「すべての猫は王様のものです」

老人は歩き続けた。すると、別の広場で、黒の僧衣をまとって頭巾《ずきん》をかぶった修道士たち
が材木を肩にかついで運んでいた。インブリアーニ氏は通行人のひとりにたずねた。

通行人は答えた。「猫が殺されたのです。だからいま、殺した者を火あぶりにするために
薪《たきぎ》を用意しているのです」

「そんな！」インブリアーニ氏は声をしぼり出すようにして言った。「きっととても貴重な
猫だったにちがいない！　で、いったい飼い主は誰なんです？　ごぞんじですか？」

「知っていますとも。飼い主は神様です。われらの主《あるじ》です」

「神様の猫ですって？　まさか、そんなことが？」

「すべての猫は神様のものです」通行人はそう言うと、警告するように指を立てた。

インブリアーニ氏は、道の突き当りにある自分の家のほうを見た。庭に通じる門の前に、
憲兵たちがずらりと並んで彼を待っていた。

変わってしまった弟

Il fratello cambiato

子どもの頃、私の弟は、落ち着きがなくて素行が悪く、勉強嫌いで、心配ばかりかけていた（神が彼を祝福せんことを！）。さまざまな罰を与えても一向に甲斐《かい》がなく、謝肉祭にかこつけて教室の真ん中で大きな爆竹を鳴らしたことで退学処分になり、とうとう父は弟を寄宿学校に入れることにした。

私たちにとって、この世に寄宿学校ほど恐ろしいものはなかった。私と弟は、大きく陰気な建物の前を通るたびにいつも、窓の向こうに不幸な生徒の姿が見えないかと目を凝らしたものだった。彼らが不幸であることに微塵《みじん》の疑いも抱かなかった。得体のしれない、別の世界の人間のようにさえ思えた。「寄宿学校」という言葉を聞くだけで震えおののいた。落第や牢獄、終身刑、さらし絞首台、絞首刑用の綱といった、同じように忌まわしいほかの言葉よりもずっと恐ろしかった。

そのニュースに、カルロ——弟の名前だ——が腰を抜かしているのがすぐにわかった。けれども彼の誇りが、それを口にすることを許さなかった。それどころか、不敵に笑って、遅くとも一週間後には脱走してみせるから、と私に明言した。「あの中に居続けるくらいなら、死んだほうがましだ」そう言った。

万が一、すぐに脱走できなかったときには、私たちは秘密の方法で連絡を取り合うことにした。まず、私が午後の三時から四時に、寄宿学校の中庭を囲む塀の下で待機する。その時間に毎日、外でのレクリエーション活動が行われるのだ。カルロは、ある歌の出だしのメロディーを口笛で吹いて、自分が居ることを知らせる。私も同じメロディーで答え、入り口の門に近づく。門は金属の板でしっかり覆われていたので中をのぞくことはできないが、それでも、言葉を交わすことは可能だろう。

でも万一、カルロが門に近づくことができないときには？　その場合には、弟は塀越しに、メッセージを書いた紙つぶてを外へ投げる。それも無理なら、最後の手段として、あらかじめ決めておく口笛のメロディーで状況を伝えることにした。簡略化を図って、私たちは、「今夜脱走する」「予期せぬ障害」「見つかった」「すべて順調」「事態は悪化」「タバコを投げてくれ」をそれぞれ意味するアリアを決めておいた。

だが、これらの手段のいずれもうまくいかず、カルロが私と連絡を取るには通常の手紙を使うしかないような事態も予想しておく必要があった。当然ながら、手紙は検閲される。そこで、ありきたりの文言を利用した秘密の符丁を定めておいた。たとえば、「ここの食事は本当に美味しい」は、「ひどく腹ペコだ」を意味し、「先生はみな優秀だ」は「人でなしだ」

を意味するというふうに。好ましい状況を伝える符丁は考えなかった。寄宿学校で何かよいことなどあるはずがないと思われたからだ。

それでも安心できなかった。想像をたくましくして、寄宿学校の経営者たちは悪魔のように狡猾《こうかつ》で血も涙もない連中にちがいないと考えた私たちは、重要な前置きの言葉を決めておいた。明確に二重の意味を持たせたいくつかの言い回しは別として、手紙がその前置きで始まるときには、辻褄《つじつま》の合う内容であろうがなかろうが、残りの部分は一切信じてはいけないことにした。あらかじめ暗号で決めていなかった不測の事柄を伝えるときには、(「親愛なる兄さん」の代わりに)「大好きな兄さん」で始めて、「さて」という言葉の後に続けることにした。そして最後に、もし弟がこれらの秘密の取り決めを、書かれた言葉によってであれ、口伝えであれ、撤回したり、破棄したりするならば、それはつまり、弟の意に反して書かされたものだということになり、私は信じてはならなかった。

ある月曜日の朝、私がまだ寝ているあいだに、弟は、顔を合わせることなく、家から出て行った。だがその翌日の午後の四時に、私はさっそく塀の下で歩哨《ほしょう》に立っていた。塀の向こうに投げ入れる、小さな紙の玉を三つ用意していた。いずれの中にもタバコが入っていた。ところが、待てど暮らせど弟は来なかった。その午後は雨が降っていた。学校では屋外でのレクリエーションは行われなかったのだ。

翌日も雨が降っていた。だが、その日はついていた。天気は悪かったが、ひょっとして生徒たちが校庭に出てこないかと期待しながら、傘をさして歩道にたたずんでいると、誰かにじっと見られている気がした。あたりを見まわしたが、最初は誰も見当たらなかった。やがて目を上げたとき、弟を見つけた。いったいどうやって開けたのか、二階の窓からカルロが私を見ていた。灰色の布地の学校の制服を着ていた。弟にしては珍しく落ち着いたようすで、じっと立っていた。おそらく数分前からそこにいたのだろう。だが、どうしてすぐに私を呼ばなかったのだろう？　小さく口笛を吹くだけで十分なのに。

「カルロ、カルロ」私に気づいていないのではという疑いから、私は小声で呼んだ。まったくの誤解だった。弟はちゃんと気づいていたのだ！　気づいていたうえに、まばたき一つせずに、じっと私を見ていたのだ。でも、どうして？　もしかすると、こちらからは見えないが、後ろに舎監が立って監視しているのだろうか？　だが、やがて、にこりともせずに、私に右の手のひらを見せ、『待て、騒ぐな、安心しろ』という意味の仕草をした。まるで、辛抱が必要なのは彼ではなく、私であるかのように！

弟はさらに数秒窓辺にとどまってから、姿を消した。半分の高さまで開けられていたすりガラスはふたたび閉められた。ひどく困惑しながら、私は立ち去った。とは言え、寄宿学校からの脱走計画については、私は案じていなかった。私が確信していたことが一つだけあった。数日以内にカルロは学校から追い出されるだろう、ということだった。私は弟をよく知っていた。だから、寄宿学校の先生たちがあの弟にいつまでも我慢できるはずがない、と思っていた。

それでも約束を守るために、私は毎日午後三時頃に、寄宿学校の前にやってきた。塀の向こうから少年たちの声が聞こえた。けんかが起きてもすぐに収まった。笑い声はめったに聞かれなかった。だが、カルロの声を聞き分けることはできなかった。打ち合わせた口笛で弟が存在を知らせるのを待った。だが、何の音沙汰もなかった。そこで、私のほうから口笛を吹いてみた。無駄だった。四日間続けた。カルロは病気なのだろうか？

五日目ついに、弟の注意を引くために呼びかけを続けていると、校庭から紙の玉が飛んできて、私の前に落ちた。開いてみた。こう書かれていた。「何もかも順調。来ても無駄だ」短いメッセージだった。だが、ほっとした。できるだけ早いうちに、おそらく今夜にも、カルロは脱走を試みるだろう。

ところが、一日が過ぎ、二日、三日と過ぎても、寄宿学校からは何の知らせも来なかった。カルロは逃げ出していなかったのだ。やがて手紙を受け取った。「親愛なる兄さん、兄さんに知らせることがある。ぼくはここでとても元気だ。みんなぼくによくしてくれる。これまでぼくは、随分と誤った物の見方をしていたことに気づいた。だから今では、自分の将来がまったくちがったふうに見えている。ぼくのことは心配しないで。兄さんがぼくに会うか、話しをすることを期待して、毎日学校に来ていることを、先生たちが教えてくれた。兄さんがぼくを大事に思っていることはわかっているから、もう来ないと約束してほしい。弟のカルロより愛情をこめて」

啞然《あぜん》とした。ひどい冗談に思えた。これがカルロの手紙だって？　弟がこれまでこんなに礼儀正しい手紙を書いたことがないことは置くとしても、どの言葉を取っても、弟が使いそうなものではなかった。手紙の調子がまた驚きだった。言外に何かを匂わすようなところがなかったからだ。秘密の符丁はひとつも見当たらなかった。だが、さらに私を困惑させたのは、追伸だった。「おそらく、ぼくが寄宿学校に入る前に、様子を知らせるための暗号を決めておいたことを憶えているだろう。ああいう馬鹿げたことは一切忘れてほしい。ぼくたちはここで自由を満喫しているのだから、馬鹿げているうえに、無意味だろうし」

偽の手紙だろうか？　いや、筆跡は間違いなく弟のものだった。だとすると？　腕白で利かん気だったカルロが、こうもあっさり考えを変えるなんてことがありえるだろうか？　まるで考えだけでなく、性格までがすっかり変わってしまい、正反対の性格の別人になってしまったかのように思えた。

なぜ、弟の不可解な変貌《へんぼう》ぶりが、まるでカルロが死んで見知らぬ者が弟に成りかわってしまったことを知らされたような、得体のしれない恐怖を呼び起こしたのか、自分でもよくわからない。事の良しあしをよく考えずに、私は何もかも父に打ち明けずにはいられなかった。父は私の不安を笑い飛ばした。だが、父としてもひどく驚いているのに、私は気づいた。

弟と再会するのを待つ日々は、どれほど苦悩に満ちたものだったことか。家族と日曜日を過ごす許可が出るまでには、ほぼひと月かかった。私はその朝をけっして忘れない。約束の時刻に玄関のチャイムが鳴った。私は走っていって扉を開けた。一目見ただけで十分だった。顔や身体《からだ》つき、声の調子はカルロのものだった。だが、中身は別人だった。行儀がよく、物静かで、分別があって、身のこなしまでもが、不吉な魔法をかけられたかのように、静かで落ちついていた。以前は一歩歩けば何かを壊していたのに。

「それで?」私はたずねた。「何が?」弟は訊《き》き返した。「学校から絶対逃げ出すって言ってたよね?」「それがどうしたの?」弟は答えた。「あのときは、居心地がいいところだってことがわかってなかったんだよ」「みんな、よくしてくれたの?」「もちろんさ」「罰を与えられなかった?」

「罰を与える? どうして? おかしなことを」そしてかすかに憐《あわ》れむような笑いを浮かべ、私を見た。だが私には、その目の奥に、口にすることのできない秘密や真実、私に明かすことができない何かをうかがわせる曖昧《あいまい》な影が宿っているように思えた。

弟はそれ以来変わらなかった。三か月後、寄宿学校をあとにし、別の学校に移った。それから家族でバカンスに出かけた。もうけっして以前のような少年にはもどらなかった。物静かで、従順で、勉強熱心で、話し方もじつに礼儀正しく、ほとんど卑屈なまでに行儀のいい子に育った。そして大人になった。寄宿学校に入ってまもない頃、何をされたのかと私がたずねるたびに、曖昧に答えるか、質問の意味が理解できないふりをした。けれどもいつも、目の奥には、不安の影があった。まるであの遠い日を境に、彼の本当の人生は圧殺され、別の役を演じることを強いられ、そのわけを説明することを絶対に禁じられ、そうすることができないかのように。

彼はもうすぐ四十だ。いまでは家族を持って父親になり、りっぱな地位にも就き、同僚や上司に信頼されている模範的な市民だ。私たちはおたがいを大事に思っている。それでも会うたびに、私の心の中には埒《らち》もない望みが蘇る。もうりっぱな大人ではあるが、弟がとんぼ返りをしてみせたり、悪態をついたり、ショーウインドーに石を投げつけたりするのを見てみたいという思いが。弟が、あの遠い月曜日の朝に失った本当の弟がもどってくるのを願っているのだ。いや、弟はおどけた顔をしてみせたり、汚い言葉を吐いたりしない。貫録たっぷりに肘掛椅子《ひじかけいす》に座り、新聞を開き、社説を読む。「ねえ」子どもの頃の馴《な》れ馴《な》れしさをふたたび感じるようなときに、私は弟に話しかける。「寄宿学校では、本当に居心地がよかったの？」「もちろんだよ」弟は答える。「とってもね」そして、なんとも言えない苦悩の表情を浮かべて私を見る。

なぜなのだ？　いまでも、眠れない夜に、時々自問する。あの呪わしい寄宿学校で何をされたのだろう？　連中はどうやって彼を殺し、亡霊に変えてしまったのか？　なぜ弟は抗《あらが》わないのだろう？　どうして話す勇気がないのだろう？

新しい警察署長

Il nuovo questore

新しい警察署長として、辣腕《らつわん》のプラティーナがやってきた。そして着任したその日のうちに、城塞の一番高い塔の上に案内させた。彼は言った。高いところから町を眺めたいのだ。新しい任地にやってくるたびにいつもこうしていた。人の家というものは屋根の側からのぞかれることを予想してない。だからこそ、いろいろなことがわかるのだと。

春の午後二時だった。陽射しが、異様にひっそりとした古い屋根の上にたっぷりと降り注いでいた。目には見えないものの、屋根の下は、人々の生活でざわめいていた。あいだにぽつんぽつんと見えるテラスや丸屋根や鐘楼《しょうろう》を除けば、埃《ほこり》っぽくてすっかり色あせた、どこか憂鬱《ゆううつ》げな素焼きの瓦《かわら》が無秩序に地平線まで広がっていた。その下では、富、商品、大理石のアトリウム、倉庫、驚くべき女たちがひしめいていた。だが、屋根の上では、建物の上では？　どこまでも続く街並みは、一見すると人気《ひとけ》のない屋根の上に、いかなる秘密を秘めているのだろう？

「なるほど」手すりにもたれて街並みを眺めながら、警察署長のプラティーナは満足げにつぶやいた。お供の部下たちが塔の反対側で呑気《のんき》に雑談に興じているあいだ、彼は時折、双眼鏡を目に当てながら、ゆっくりと視察を続けていた。まるで、何も知らずにいるそれらの建物のひとつひとつに及ぶ己が権力を味わっているかのように。静かにまどろんでいる町は、あたかも、まっとうな商売や家族や愛に身をささげている巨大な国のように思えた。

だがプラティーナは、双眼鏡を遠くの一点、錯綜する煙突の群れが色あせて崩れかけた森を形成している場所に据えたまま、動かなくなった。昼下がりの静止した瓦や樋《とい》のあいだで、何かが動いていた。黄色っぽい曖昧《あいまい》な色で、少しくたびれたように揺れていなければ、きっと背景に紛れ込んでいただろう。旗だった。だが、国旗の色でもなければ、いかなる団体や政党のものでもなかった。警察署長のプラティーナはそうしたことには精通していたのだ。旗は、春のそよ風に物憂げにはためきながら、町の空にむかって未知のメッセージを送り続けていた。

「オッニサンティ！」署長が呼ぶと、分署長が飛んできた。「何だ、あの旗は？」プラティーナはたずねた。オッニサンティは双眼鏡をのぞいた。「さあ、何でしょう」そして、上司のたわいもない疑念を嗤《わら》うかのように、ほほえんだ。

「すぐに行くぞ」プラティーナは言った。

「何をしに？」

「確かめるのだ」

プラティーナは、着任早々、己が権威を自ら示すのを常としていた。特に、町をよく知らない時にはそうだった。必要とあらば、歳も顧みず、残業や徹夜も辞さなかった。

二人は曲がりくねった街路を車で飛ぶように走り抜け、その家に到着した。戸口で名乗り、まもなく、陽射しに照らされた、屋根に面した小さなテラスに出た。そこでは、町の喧騒《けんそう》も、静けさを際立たせるような、かすかで音楽的なざわめきしか聞こえてこなかった。木の旗竿《はたざお》の上で、その比較的小ぶりな旗は揺れ続けていた。二人は、勾配のゆるやかな屋根の上によじ登り、難なく旗が立っているところまでやってきた。プラティーナは旗の端をつかんで広げ、じっくりと眺めた。色あせた、埃まみれの貧相な小旗で、形のゆがんだ染みと、大昔の図柄の不明瞭な名残があったが、よくわからなかった。何を意味しているのだろう？

そうこうするうちに、ぎーっという音とともに、周囲の屋根裏部屋の小窓がいくつか開いて、なにごとだろうと思った住人たちが、いずれもやつれて表情の乏しい顔をのぞかせた。子どもの甲高い声が聞こえた。「ママ、煙突から人が出てきたよ！」

「ちょっとあんた、この旗は誰のものかね？」警察署長は、窓から顔をのぞかせている小柄な老人にたずねた。

「何？　なんだって？」老人は急におびえたように訊《き》き返した。

「この旗だ！　誰のだ？」耳が遠いのだろうと思って、警察署長は声を張り上げた。

相手は聞き取れないのか、それともそのふりをしていた。そして、くすくす笑いはじめた。

「わしが、この旗を？　ひっひっ！　旦那さん、わしに関わりがあると？」

するとプラティーナは、やはり屋根裏部屋から顔をのぞかせ、タオルで首筋をごしごしふいている、黒い髭《ひげ》をはやした男のほうを向いた。

「ねえ、あんたは、何か知っているかね？」

「おれが？　何か知ってるかって？」男は考え込むように答えた。「いや、知りませんね。きっと、ずっと昔からそこにあったんでしょう。べつにあっても邪魔ではないですし、そのままにしているってわけですよ、閣下」

誰も説明できないなんてことがありうるだろうか？　署長はほかの住人たちにたずねてみようとした。けれども、いつの間にか、窓辺には誰もいなくなっていた。男も女も子どももも家の中に引っ込んで、もう声もまったく聞こえなかった。分署長のオッニサンティは、大目に見てやってください、とでも言うように、首を振りながら、上司を見た。

そのときプラティーナは、反対側から、つまり道の向こう側から、誰かが自分の背中をじっと見つめているような気がして、ぱっと振り向いた。

最初は、目路《めじ》のかぎりどこまでも、人気《ひとけ》のない、眠ったような屋根の連なりしか見えなかった。それから、三、四軒さきの、林立する煙突の真ん中に、さきほどのものによく似た、黄色っぽい、色あせた別の旗が立っているのに気がついた。忘れられたようなその旗もまた、弱い風のそよぎに物憂げにはためいていた。だが、もっと向こうには、奇妙な赤い飾り瓦の上に、同じ色の旗がもうひとつあった。視線をめぐらせると、町じゅうの屋根の上に、見渡すかぎり、一番遠い街区に至るまで、いくつもの旗が揺れているのに気がついた。国旗でも、彼が見知っているいかなる団体や政党の旗でもなかった。それらの旗は、魔法のように突如として、眠たげな家並みの広がりから立ち現れたのだった。けれども、色あせ、くたびれきった旗は、千年前もの昔からそこにあるかのように思えた。

「オッニサンティ」新しい警察署長は動揺しながら言った。「見たか？」

「わかっていました」オッニサンティは答えた。「最初からわかっていました。来ないほうがよかった」

屋根の上には、人っ子ひとり、わずかな生命の兆候も、見て取ることができなかった。穏やかで静かだった。それでも、彼のことは、プラティーナのことは、たちまち町じゅうに知れ渡っていたのだ。卑しさと惨めさと憎悪が渦巻く闇の底から、わびしげな旗が不安をかき立てるように一斉に出現し、風にはためきながら、謎めいた脅しを送っていた。あらゆる方向から、何千もの怪しい目が彼をうかがっていた。みな、彼のことは何でも知っていた。そして、もう一瞬たりとも忘れることはないだろう。

剣闘士

I reziarii

猊下《げいか》は田園にひとりでいた。生垣に近づき、棒を使って蜘蛛《くも》の巣から大きな蜘蛛を引きはがした。若くて、身の引き締まった、堂々とした蜘蛛だった。繊細な色合いの優雅な模様が丸みを帯びた腹を飾っていた。我が身に何が起こるのかも知らずに、蜘蛛は棒から伸びた自分の糸の先にぶらさがって揺れていた。

だが、さらに大きな恐るべき蜘蛛が、生垣の近くの通路に張られた網の真ん中にいた。モロク〔古代中東の人々が崇拝し、生贄を捧げた神〕に、あるいは竜に、サタンの名を持つ古《いにしえ》の蛇に似ていた。生命《いのち》を力強く輝かせながら、蜘蛛は、満足げにじっと動かず、世界の片隅に君臨していた。猊下は、実験の目的で、その網の中に、正確に狙いを定めて、さきほど捕まえた蜘蛛を投げ入れた。獲物は、粘々した糸にからまり、張りついた。

目にもとまらぬ早業だった。眠っているように見えた大きな蜘蛛が、電光石火のごとくよそ者に飛びかかった。そして脚を使ってもう、銀色の粘々したガーゼを相手の体に巻きつけていた。戦いはなかった。獲物は、一瞬のうちにぐるぐる巻きにされて、動けなくなった。

夕暮れ時だった。田園はひっそりと静かで、太陽はいつものように山のほうに沈んでゆきながら、蜘蛛の巣の細かな網の目を輝かせていた。ふたたびすべてが穏やかになった。巨大な蜘蛛は、さきほどと同じように巣の真ん中で、冬眠しているみたいに動かなかった。下のほうには、敵を包み込んだ袋がぶらさがっていた。死んだのだろうか？　二本の前脚が、時折ごくかすかに震えていた。

ところが不意に、囚人は縛《いまし》めから自由になった。もがくようなそぶりは見えなかったし、揺れ動きもしなかった。袋の中で、沈思黙考《ちんしもっこう》して秘密を解き明かしたのだろうか？　蜘蛛は袋の中から抜け出した。無傷のようだった。あわてることなく、網を支える放射状の糸の一本にそって歩きだした。『さあ、急いで逃げろ。また捕まりたいのか』猊下は心の中でつぶやいた。だが、蜘蛛は急ごうとはしなかった。

モロクは、玉座でじっとしたまま、ぴくりともしなかった。両者のあいだで、約束が交わされていたのだろうか？　たとえば、大きいほうが、「もし、自力で脱出することができたなら、見逃してやろう」と、もう一方に言ったのかもしれない。大きな蜘蛛は彫像のように動かず、何も知らないふりをして、追いかけようとはしなかった。そして、小さいほうはすでに葉叢《はむら》のあいだにもぐり込もうとしていた。

けれども、猊下のほうが素早かった。逃げようとする蜘蛛を傷つけずに、またもや木から引きはがすことに成功したのだ。そして蜘蛛を二、三度、振り子のように揺らすと、もう一度、蜘蛛の巣の中にそっと投げ込んだ。

ふたたび、巨人は飛び出した。たちまち相手の上にのしかかると、脚を開いて、包み込もうとした。束の間の戦いがあった。小さいほうは、不利な体勢で網にくっついていたので、振り向いて相手に面と向かって戦うことができなかった。それでも、身を後ろによじりながらなんとか身を守ろうとしていたが、この傾いた姿勢のまま、まもなく動かなくなった。

だが、糸の巻き方はさきほどのように完璧ではなかった。最初の襲撃で、大きいほうの蜘蛛は糸を惜しみなく使ったために、ほとんどもう残っていなかったのだ。大雑把に巻きつけるしかなかったので、糸の束と束のあいだに大きな隙間があいていた。そのとき、猊下の背後で、何か小さくて黒いものが動いた。おそらく鳥か、落ち葉か、蛇だろう。彼ははっと振り返った。だが、田園はひっそりと静まり返っていた。戦いに勝ったほうの蜘蛛は、すぐには自分の居場所にもどらなかった。今回は、囚人の体に入念な処置を施そうとしていた。ゆっくりと背中に嚙《か》みついて、毒を注入した。相手は観念したように、されるがままになっていた。苦痛を感じているようには見えなかった。

大きな蜘蛛は、長いこと嚙みついていた。それから巣の中央にもどった。そして思い直したように、ふたたび嚙みにもどった。これを三度くり返した。三度目の最中、囚人は、袋のわずかな隙間から、あごを押し出すと、すばやく死刑執行人の脚に嚙みついた。

モロクは、パニックに陥った。獲物を置いて、退却しようとした。だが、相手は怒りをこめて嚙みついていた。痛みでモロクの脚は伸びていた。あともう少しで、へし折れていたことだろう。だが、まもなく囚人の力が尽きて、あごが緩んだ。

背後から誰かにじっと見つめられているような気がして、猊下はふたたび振り返った。だが、後ろには何も見当たらなかった。田園風景と沈みかけた太陽、そして、まるで警告を与えるかのように長い腕のようなものを伸ばしている黄色い雲をのぞけば。ひょっとして彼にむかって警告しているのだろうか？

脚を引きずりながら、大きな蜘蛛は、惨めに打ちひしがれて、自分の玉座にもどった。毒を注入されたのではないかと恐れていたのだ。相手に嚙みつかれた脚を、やさしくそっとさすりはじめた。残りの七本の脚でなで、口に持っていって舐《な》めるようなしぐさをした。それから、私たちがねん挫した関節をそっと伸ばしてみるように、試しに脚を伸ばしていた。まるで子どもに優しくする母親のようだった。だが、数分もすると、不安な気持ちも落ち着いてきたのか、いまや、ふたたびしっかりつかめるかどうか、まるでハープの弦をつまびくように、巣の糸の上で脚の動きを試していた。それから、これでもかというほど熱心に、ふたたび脚をさすりはじめた。やがてすっかり安心すると、一段と執拗《しつよう》に残忍な作業を再開した。犠牲者の腹にあごを突き刺し、缶切りのように、厚い外皮を嚙み切った。傷口から、白っぽいどろりとした液体がしたたりはじめた。

　このとき、太陽は沈みゆこうとしていた。谷の上に浮かんだ巨大な雲の腕は、赤々と燃え上がり、その照り返しが地上に降りそそいでいた。生垣もまた、小さいなりに輝いていた。それでも、いまでは何もかも、さきほどよりも一層穏やかになっていた。最初は罠《わな》に嵌《は》められた二匹の蜘蛛がいたが、いまや、たった一匹になり、何ごともなかったかのように、心を静め、じっと動かなかったからだ。もう一方は、蜘蛛であることをやめ、動かない、ぶよぶよした繭《まゆ》になりはてていた。流れ出た体液も固まろうとしていた。だが、まだ死んではいなかった。袋の中で体がしびれながらも、二本の前脚はごくかすかに動いていた。

　近くの道を一頭立ての馬車が通った。若い馬は陽気に駆け抜け、北のほうへ消えていった。川の向こう側から、農夫の娘の、心をかき乱されるような屈託のない歌声が聞こえてきた。猊下はひとりきりだった。彼は外科医のような正確さで、棒を使って糸を切り、責め苦を受けた蜘蛛を取り出し、一枚の葉の上に乗せた。

　しびれが続いているせいで、牢獄に入れられていた囚人のように、あるいは、ギプスがとれたばかりの怪我人のように、蜘蛛の体はすっかりこわばっていた。やがて、歩こうとして、横向きに倒れた。八本の小さな脚が同時に小刻みにかすかに震えていた。「われは、見捨てられし者、罪なき者、神の子羊」まるで、そう言って救いを求めているかのようだった。

猊下は、草地にひざまずき、取り返しのつかない悲劇を前にして、うなだれていた。神よ、私は何ということをしてしまったのか！　ひとつの命を奪うには、ほんのわずかなことで、戯れに行ったささいな実験で十分なのだ。彼は心の中でそうつぶやいていた。そのとき蜘蛛が自分を見ていることに気づいた。その無表情な小さな目から、何か厳しく凄まじいものが彼にむかって立ち昇ってきた。気がつけば、太陽もすでに沈んでいた。木々や生垣は、柔らかな霧に包まれて神秘的な様相を帯び、何かを待っていた。そしていま、彼の後ろで動いているのは誰だろう？　彼の名前を小さな声でささやいているのは誰なのだろう？　いや、誰もいないように思えた。

家の中の蛆虫《うじ》

Un verme in casa

きょう、窓辺に立っていたとき、ひとりの男を見かけた。年は私とほぼ同じくらい。中背で、褐色の髪に口髭《くちひげ》をたくわえ、こざっぱりした服装をしている。男はふと目を上げ、私を見た。ほほえみながら手を振って叫んだ。「やあ、アンドレア！」

誰だろう？ はじめて見る顔ではなかった。けれども、名前が思い出せなかった。学校のクラスメートか、兵役でいっしょだった仲間か？ ともかく、失礼にあたらないように、私も手を振った。そのとき彼は、こう言うようにうなずいた。「おい、あのすばらしかった時代を憶えているか？」私は戸惑いを感じながら、部屋に引っ込んだ。

道で彼に出会った。私に抱きついてきた。「先日は、すぐにきみだとわかったよ！ すぐに心の中で思った。『おや、あれはアンドレア・フィラーリじゃないか！』って……それなのにきみは……僕がわからないのは変じゃないか」「まあ、許してくれ……何年も経っていると……僕は記憶がいいほうじゃないんでね……」

彼は、滑らかな面長の顔で、澄んだとても優しい黒い目をしていた。「僕はモッラだ、エジディオ・モッラだよ！　中学の四年と五年でいっしょだった……僕を憶えていないなんてことがあるかい？　兄弟……そう、兄弟以上の仲だった……それから僕の家族はリーミニに引っ越して……でも、そのあときみはたくさん手紙をくれた。こんなに。いまでも持っているよ」「すまない」私はどうしても思い出せなかったが、詫《わ》びの言葉をくり返した。「すまないね、なにしろずいぶん昔のことだから。でも、よく考えると……ああ、やっと思い出したよ。で、きみは何の仕事をしてるの？」

そのあと、おたがいの情報を伝えあった。私は父の古い会社を継いで、骨董《こっとう》商を営んでいる。既婚だが、子どもはいない。彼のほうは独身で、職業はライター。大きな化学会社の出版部の責任者で、いくつかの雑誌に寄稿しているそうだ。だが、話全体から暮らし向きはあまりよくないにちがいないという印象を受けた。そして、そのうちまた会おうと約束した。私は自宅の電話番号を、彼は住んでいる下宿屋の電話番号を教えた。「きみに再会できて、本当にうれしいよ、アンドレア！　なんだか、この出会いが運をもたらしてくれるような気がする」だが、私のほうはさっさと話を切り上げようとした。居心地が悪かった。そして奇妙だった。どんなに中学時代の記憶を探っても、エジディオ・モッラについてはかすかな記憶さえ残っていなかった。

きょうの午後、にわか雨が降りはじめ、私は急いで窓を閉めに行った。そのとき外に目をやった私は、路上の人物に気づいた。モッラだった。にわか雨の下で立ち止まり、自転車相手に悪戦苦闘していた。おそらくタイヤがパンクしたか、チェーンが外れたのだろう。一戸建てが建ち並ぶこの通りには、雨宿りできるアーケードはなかった。私は黙ったままだったが、彼はすぐに私に気づいた。そして笑いを浮かべながら、「やれやれだよ」と言うように、打ちとけた身振りをしてみせた。

どうしよう? だが、あそこで雨に打たれるままにしておくわけにもいくまい。私は降りていって、扉を開け、中に入るように言った。すでにずぶ濡れだった。妻を紹介した。彼は見るからにおどおどしていた。精一杯笑顔を浮かべ、くどくどしく挨拶の文句を述べた。動作はのろくさい。時々立ち止まっては、何も言わずに、東洋人を思わせる重たげな目つきで私をじっと見つめた。そして不意に、「見ててごらん、きっと蘇る、蘇るよ」とささやいた。まるでまだ誰にも知られていないすばらしい知らせを打ち明けるかのように。「何が?」私は訊《き》き返した。「僕たちの古い友情にきまってるじゃないか」

こういうセンチメンタルな言葉が、私にはひどく癇《かん》に障る。とりわけそれが男同士のあいだで交わされるときは。まるで恥知らずなことのような感じがするのだ。「だといいね」私は冷ややかに答えた。「ともかく、雨がやむまで、家の中を見せてあげよう」

じつを言うと、私にとって、家は自慢の種だった。なにしろ家具はすべて年代物だし、偉大な流派の絵画が何枚かある。それに、誰もが目を見張るような図書室が、本で覆いつくされた大きな部屋があった。二万冊以上はあるだろう。大半は歴史書、特に革命以後のフランスの歴史についての本だった。モッラは――彼は自分をエジディオと呼ばせたが――いつまでも称賛していた。「すばらしい、すばらしいよ……こいつは宝の山だ、僕にとってはここは天国だよ。じつは、本を書いているんだ。二年前から。ナポレオンの元帥たちについてね。ここにはなんでも揃《そろ》っている……どこを探しても見つけられなかった本が。ねえ、アンドレア、もしよかったら……いや、だめだ、とんでもない。きみたちに大変な迷惑をかけることになる」「何が？」私はそっけなく訊き返した。「だめだ、だめだ。神よ、友人から、真の友人からうっとうしいやつだと思われないようにしてください！」「おい、言えよ、はっきりと」「つまりそのう、時々ここに来て本を閲覧させてもらえないかと思ったんだ……迷惑はかけないよ……音も立てない……隅っこにいるから」

彼は時間を無駄にしなかった。次の日さっそく現れた。九時十五分前だった。私はまだ家を出ていなかった。彼は、姿を見られずに通り過ぎようとするかのようにつま先歩きで入ってきた。私に包みを差し出した。「きみが喜ぶと思ったんだ……きっと、この本は持っていないよ……僕の祖父の蔵書だったものだ」開けてみる。たいした贈り物だ。露店の古本屋で二百リラで売っていそうなテーヌのごくありふれた版だった。

だが、根っからの小心者の私は大喜びするふりをした。感謝の言葉を述べ、書き物机を使うように勧めた。彼は抗議した。「とんでもない。これはきみの机だ……絶対にだめだ。そんなわけにはいかない。ほら、ぼくはその隅の小机で書き物をさせてもらうよ。きみは、ぼくは居ないと思って、自分のことをしてくれ」

一時頃、店から帰ると、私は妻にたずねた。「まだ図書室にいるのか？」「だと思うわ……あの人ったら、本当に迷惑をかけないようにしているわ」私たちは食事を始めた。あちらの図書室にも食器の音が聞こえているにちがいない。妻がたずねた。「あの人、いったい何時に食事を取るのかしら？」「さあね」そう言いながら私たちは、向こうで何か気配が感じられるか、耳をすました。隣の部屋で食事を抜いている者がいるのを知りながら食事を続けるのは、なんとも居心地が悪かった。

それから四日間、彼は九時から午後の遅い時間まで、ぶっ続けに図書室にこもっていた。（やめておけばいいものを）きょう、妻が彼を昼食に誘った。「とんでもない、奥さん」彼は固辞した。「だめです、絶対にいけません……それに、昼は何も食べないのです……とんでもない……毎日ここで迷惑をかけているというのに。アンドレアは本当にいいやつです……友情は尊いものですが、同時に壊れやすい。節度をわきまえないとどうなるか……」

こうなると、マリーアはなんとしても食べてもらおうという気になった。彼は、あのねっとりとした目つきで妻をじっと見つめながら抵抗した。マリーアはさらに誘った。どうか私の顔を立てると思って食べてくださいと言って。そうまで言われて、エジディオはとうとう折れた。まるで彼にとってはつらいことを甘受するかのように。そして食卓では、二口、三口食べただけだった。

エジディオは夕方まで図書室にいたので、私たちは夕食も誘うことになった。ようやく食欲がもどってきたようだった。じっさい、彼は腹いっぱいになるまで食べた。そして妻に何度も言った。「奥さんは料理の天才だ。聖人でさえ惑わせてしまうでしょう。あなたは、食べ物という悲しい必要性を、霊化し、詩に変えるすべを心得ていらっしゃる」エジディオはよく、こういう仰々しくて大げさな言葉を好んで口にした。

その夜の二時頃、図書室で物音がしたような気がした。ネズミだろうか？　ベッドから起き上がり、見に行った。エジディオだった。まだ本を読んでいた。「おい、家に帰らないのかい？　悪いが、あとで門を開けに行かなくちゃならないじゃないか。僕は眠りたいんだけど」「起こしてしまったのかい？」彼は仰天して言った。「ああ、本当に申しわけない……ここで徹夜するつもりだったんだ。ぼくは慣れっこだから。さあ、さあ、アンドレア。ぼくのせいで風邪を引いてもらいたくない。ベッドにもどってくれ」彼は私を部屋に押しもどした（マリーアは別の部屋で寝ていた）。冗談めかして、母親が子どもにするように、掛け布団を私にかけ、それからベッドの端に座ってしゃべった。

「これなら気持ちよく寝られるよね……僕もこんなベッドで眠れたらなあ……きみが僕の下宿のベッドを試したら、きっと……これが本当のベッドというものだ……二人で寝たってまだスペースがあるよ。ほら、二人でも快適だ」（ふざけて彼は、私のそばで横になった。彼は掛け布団の上で、私は下で）「ああ、なんてすてきなんだ……きみはなんて幸せ者なんだ……それに引きかえ僕は……」彼は冗談半分に目を閉じて、いびきをかくふりをした。

ふり？　ふりにしては、あまりに真に迫っている。わたしは彼を揺った。「エジディオ、エジディオ！」何の反応もない。「エジディオ、目を開けろ！」まったくの無反応。眠ってしまったのだ。いびきをかきながら、泥のように眠っていた。

その夜、彼は私のベッドで、私は衣裳部屋のソファーで寝た。彼のそばでは眠れなかった。私よりもいびきがひどかったから。そして今朝、私を起こしたのは、彼だった。彼はかたわらにひざまずいて今にも泣きださんばかりだった。「アンドレア、アンドレア、ぼくは出ていく！　もういられない……どうか許してくれ……なんて恐ろしいことをしてしまったんだ……きみのベッドを奪うなんて！　とつぜん気分が悪くなったんだよ。でも、わかってる。そんなのは言いわけにはならないことを。きみのようにいい人でなかったら、僕が本を贈ってきみにつけ込もうとしたと思うだろう……ほかの者なら僕をベッドから放り出しただろう……それに、それに……アンドレア、最後まで言わせてくれ……女中が無礼な態度を取るような家にはもう二度と足を踏み入れない」「誰のことだい？　カロリーナか？」「そう、そのカロリーナだ……この耳で聞いたんだ。もうひとりの女中と話しているところを。こう言ってたよ。『遅かれ早かれ、あのいまいましい居候《いそうろう》は出ていくわよ！』たしかにそう言ったんだ……わかるかい？　卑しい連中は純粋な友情さえも汚してしまうんだ」彼はすすり泣いていた。そして涙を流しながら、あの重苦しく媚《こ》びるような目で私を見た。

彼は出て行かなかった。結局、私たちはとどまるように彼に頼んだのだ。ただ彼は、少し侮辱されたような表情を浮かべていた。（十二年間も！）忠実に働いてくれた年寄りのカロリーナには暇を出した。エジディオは朝晩、私たちといっしょに食事を取る。それから、私のベッドで寝る。いまや彼はあるじだった。あいかわらずおどおどした態度で、控えめで、気を遣おうとしていたが。妻と私は二人だけでいるとき、なぜか彼のことを話題にするのを避けた。恥ずかしいからか？　率直に話すのが怖いからか？　それとも、彼と妻のあいだに何かあるのか？

きょうエジディオは、私に切々と訴えた。なんらかの方法でお返しをしたいというのだ。店で働かせてほしいと頼んだ。帳簿をつけたり、接客や掃除をしたり、役に立つことなら何でもするからと。

二週間前から、彼は店で働いている。商品の棚卸をしているのだと言う。どうしてもやらなければいけないと言い張った。張り切って、店中をひっくり返して、一日中大忙しのようすだった。役に立つだって？　その反対だ。だが、こうした事の行きつく先は目に見えている。だから、将来のトラブルを避けるために、私は彼にささやかな給料を支払うことにした。彼は憤慨した。「僕はきみの親友だろう？　きみを助けるのは僕の当然の義務だ」そのあと、口にはしないものの、他人のために自分の身を捧げている犠牲者然とした態度を取った。

私は彼を殺すだろう。それが唯一の方法だ。今晩、寝ているところを銃で撃とう。そして自殺したと思わせるのだ。

夜の三時頃、銃を握って、ついこのあいだまでは私のものだった寝室に入った。鎧戸《よろいど》が開いていたので、通りの街灯の明かりで十分な光があった。ベッドのそばまで行くのに、十五分はかけただろう。名状しがたい喜びにひたりながら、私は裸足で進んだ。彼はいつものように大きないびきをかいていた。ベッドに着くと、拳銃を彼のこめかみに向けた。まさにそのとき――眠っているふりをしていたのだろうか？　私の動きに気づいていたのだろうか？――エジディオは手を上げ、制止するかのように、手のひらで拳銃の銃身をはたいた。事故だったのかそうでないかはわからないが、弾が発射された。

明かりをつけると、ベッドは血だらけだった。エジディオの左手には穴が開いていた。「ああ、アンドレア、なぜ、どうして？……僕に何をしたんだ？　兄弟同然の……兄弟同然だったのに……なのに、僕を殺そうとした……どうして？　どうして、こんなことをしたんだ？」そして激しく泣きじゃくった。

そうこうするうちに、マリーアが真っ青な顔をしてやってきた。「何でもありません、奥さん」ベッドに座り、ハンカチで傷口を押さえながらエジディオは言う。「びっくりしないでください……事故だったんです。ああ、奥さん、そんなふうに見ないでください……私がどんな人間かよくご存じのはずです。ご心配はいりません……言いません、誰にも言いませんから。誓います……この秘密は墓場まで持っていきます……あなた方にはあんなに親切にしてもらったのに、警察に訴えるなんてとんでもない！……」

いまや私は彼の奴隷だ。家は彼のものだ。食事を作らせるのは彼だ。家計を握っているのは彼だ。マリーアもわかっていて、何も言わない。私の骨董屋の看板の文字を、ペンキ屋が書き換えようとしている。「フィラーリ商会」と書かれていたそれは、「フィラーリ・モッラ商会」になるだろう。

つまりはこういうことだ。公証人の手で正式な書類を作って、エジディオは昨日から、店の共同経営者になったのだ。権利は半々ということになっているが、彼は一リラも出資していない。エジディオはあいかわらずおどおどして、慇懃《いんぎん》で、おとなしくて、腰が低い。二人きりになると、彼のねちっこい視線は、私の目から手の傷跡に、傷跡から私の目へと行き来する。そして、やさしくほほえむ。きみを許してやったのだと言うように。

リゴレット

Rigoletto

独立記念日に行われた軍事パレードで、原子力兵器部隊が初めて人々の前で行進していた。明るくはあるが、灰色に曇った二月のある日だった。のっぺりした光が、たくさんの旗がはためく大通りの埃《ほこり》っぽい建物に当たっていた。私のいる場所では、行列の先頭を行く恐るべき戦車部隊が敷石の上を轟音《ごうおん》をとどろかせながら通過していたが、それは群衆にいつものような衝撃的な効果を与えてはいなかった。砲を突き出した戦車の威容や、革と鉄でできたヘルメットをかぶり、砲塔のてっぺんから顔をのぞかせた凛々《りり》しい兵士たちを目にしても、まばらでなげやりな拍手が起こるだけだった。人々の視線は、まだ見たことのないものを期待して、隊列が進んでくる国会広場のほうに向けられていた。

戦車の行進は四十五分ほど続き、車両が立てる音が観衆の頭の中で鳴り響いていた。ようやく最後の戦車がその凄まじい騒音とともに遠ざかると、大通りは空っぽになった。静寂が訪れた。風を受けて、バルコニーの旗が揺れていた。

どうして、誰も動こうとしないのか？　戦車の轟音がかなたで遠いファンファーレのかすかな残響の中に消えていっても、通りは空っぽのままだった。命令の取り消しが発せられたのだろうか？

　だがそのとき、道の向こうから、音も立てずに、ある物が進んできた。それは二台目、三台目と続き、さらに幾台もが長い列をなしながら進んでいた。各車両には、四つのゴムの車輪がついていた。だがじつのところ、それは自動車でも、トラックでも、戦車でも、ほかのいかなる既知の車両でもなかった。むしろ、見かけは通常のものと異なるが、やや貧相な感じがする風変わりな荷車のようだった。

　私は前列にいたので、それらをじっくり観察できた。大雑把な印象を言うと、筒の形をした車両もあれば、飯盒《はんごう》の形をしたもの、炊事車や棺を思わせるような車両もあった。巨大でも、表情豊かなわけでもなく、まったく飾り気のない車両にしばしば高貴な印象を与える、コンパクトな外見から来る力強い感じもなかった。車体を覆う装甲はむしろ、「間に合わせ」程度に取り付けたかのように見えた。私は、少しへこんでいて、どう見てもきちんと閉まらず、閉めるたびにうるさい音を立てる車のドアを連想した。色は、迷彩の目的で、黄色っぽい地にシダを思わせる緑色の奇妙な模様が描かれていた。男たちは、二人ずつ、たいていは車両の後方にある席に身を沈め、そこから上半身だけをのぞかせていた。制服も、ヘルメットも、武器もごく普通のものだった。そう遠くない昔、まだサーベルと槍《やり》で武装した騎兵が見られたように、明らかな飾りとして兵士たちが身に着ける、通常のタイプの自動小銃を帯びていた。

すぐに、二つのことが強い印象を与えた。紛れもなく未知のエネルギーによって動く装置が進むときの完全な静かさ。そしてなにより、搭乗する軍人たちの肉体的な外観である。彼らは戦車兵のようなスポーツマンタイプの屈強な若者ではなく、日に焼けてもおらず、無邪気でふてぶてしい笑いを浮かべているでもなく、かといって、軍人らしい厳格さの殻の中に閉じこもっているわけでもなかった。大部分の乗員は瘦《や》せていて、哲学科の学生のような、軍人らしからぬタイプだった。広い額に、大きな鼻。そして全員、無線技士のようなヘッドホンをつけ、多くの者はつるのあるメガネをかけていた。その落ち着いた態度を見ると、まるで自分たちが兵士であることを忘れているかのようだった。静かな憂いのようなものが彼らの顔に読み取れた。機械の操作に注意を払っていない者は、曖昧《あいまい》で無気力な表情を浮かべてあたりを見まわしていた。ただ、数台の平べったい箱型の有蓋《ゆうがい》トラックの運転手たちだけがわずかに観衆の期待に応えていた。彼らの頭上は、上に向かって開いた円錐形の、杯のような形をした透明なある種の防御装置で覆われていて、それが、巨大な怪物面のような不安な効果をもたらしていた。

二番目か、三番目の車両に、おそらく将校と思われる、小柄な猫背の男が、ほかの兵士たちより一段高い位置に座っていたのを憶えている。群衆に注意を払うことなく、たえず後ろを振り返って、まるで途中で止まっていないか心配しているかのように、後続の車列を確認していた。「頑張れ、リゴレット〔ヴェルディの同名のオペラに登場するせむしの道化〕！」バルコニーから誰かが叫んだ。彼は目を上げ、作り笑いを浮かべながら、手を振って応えた。

人々を大いに驚かせていたのは、なによりも装置の極端なまでのみすぼらしさだった（一方で、これらの鉄の容器が恐るべき破壊力を秘めているのは、みなが知るところだったのだが）。つまり、装置がもっといかめしくて立派なものであれば、おそらく、これほど不気味で強烈な印象を与えることはなかったであろう。観衆の不安げな関心も、それで説明がつく。じっさい、拍手も万歳もまったくわき起こらなかった。

やがて深い静寂の中で、謎めいた車両から、リズミカルでかすかな、何か、物がきしむような音が聞こえてくるように思えた。どこか渡り鳥の鳴き声に似ていたが、鳥であるはずはなかった。最初はごくかすかに聞こえるだけだったが、しだいにはっきりとしてきて、常に同じリズムを刻みながら明瞭になった。

私は、猫背の将校に目をやった。彼はヘッドホンを外して、下にいる仲間としきりに言葉を交わしていた。ほかの車両でも、動揺の気配があるのに気づいた。何か異常なことでも起こったかのようだった。

そのときだった。周囲の家の中から六、七頭の犬が吠えはじめたのは。窓辺には観客がひしめき、ほとんどの窓が開け放たれていたので、犬の声は通りに響きわたった。犬たちはどうしたのだろう？　あんなに激しく鳴き立てて、いったい誰の助けを呼んでいるのだろう？　猫背の男は苛立《いらだ》ったようすを見せていた。

そのとき私は、背後で黒いものが跳ねるのを目の端で捉えた。振り返ると、地表近くの地下室の明かり取りから三、四匹のネズミが飛び出して、一目散に逃げていくところだった。私のそばにいた年配の男性が腕を上げて、空を指さした。見上げると、通りの真ん中をゆく原子力装置の上空に、赤っぽい塵《ちり》でできた奇妙な柱がいくつも垂直に立ち昇っていた。竜巻に似ていたが、じっとして動かず、まっすぐで、渦を巻いてはいなかった。そして、ほんの数秒で密度を増しながら、幾何学的な形を取った。それを描写するのは難しい。たとえば、工場の高い煙突の中に詰まった煙を、それを包む煙突のない状態で思い浮かべてほしい。いまや、亡霊のような、濃い塵でできた不気味な塔の群れは、建物の屋根を越えて三十メートルの高さまでそそり立っていた。そして、塔のてっぺんからてっぺんへと、煤色《すすいろ》の同じように霧状の物質でできた橋がかかっていくのが見えた。こうして、しっかりとした巨大な影の骨組みが出来上がり、それは行列に沿って、見渡すかぎり続いていた。家の中では、犬たちが吠え続けていた。

何が起きているのだろう？　車両は進行を止めた。猫背の男が車から降りて、外国語でしゃべっているように聞こえる複雑な命令を叫びながら、車列に沿って後ろに走っていった。

不安を隠しきれないようすで、兵士たちは装置の前で懸命に立ち働いていた。

いまでは、霧か塵でできた尖塔《せんとう》は――それは紛れもなく原子力戦車からの放出物だったが――この上なく不吉な形を描きながら、群衆の頭上高くにのしかかっていた。ネズミの群れがまた、明かり取りから飛び出し、狂ったように逃げていった。いったいどうして、この不吉な小尖塔は、旗のように風に揺れないのだろう？

不安を感じつつも、群衆はまだ沈黙していた。そのとき、目の前にある建物の四階で、とつぜん窓が開いて、髪を乱した若い女が姿を現した。彼女は一瞬、呆然としたように、不可思議な霧でできた峰々とそれらを結ぶ空中の橋を見つめていた。そして、恐怖のあまり髪に手をあてて、悲鳴を上げた。「ああ！　なんてこと！」

凄まじい声だった！　冷静になろうと努めながら、私は後ずさった。最後の一瞥《いちべつ》をくれたとき、もはや制御不能の状況に陥っているかのように、軍人たちが装置のまわりで激しく動きまわっているのが見えた（あとでわかったことだが、蒼白い顔の、見た目の冴《さ》えない彼らもまた、真の兵士だった）。間に合うだろうか？　私は、気づかれないように注意しながら足早に歩き出し、徐々に歩みを速めながら人ごみから抜け出し、脇道にもぐり込んだ。

背後から、ついに恐怖に駆られ、パニックに陥って押し合いへし合いしている人々ののどよめきが聞こえていた。三百メートルほど進んだところで、私は勇気を出して振り返った。騒然と逃げまどう黒い人波の頭上で、赤っぽい影の塔は揺れ動き、それらをつなぐ橋梁《きょうりょう》はゆっくりと身をよじっていた。まるで断末魔のあがきのようだった。その悪夢のような動きはますます速度を増し、激しくなっていった。そのとき、暗く恐ろしい叫び声が家々のあいだで響きわたった。

そして、誰もが知っていることが起きた。

エレブス自動車整備工場

Autorimessa Erebus

あなた方は、時々、何のとりえもないような若者たちが、月行きの宇宙船のような超ゴージャスな車を乗りまわしているのを見て、首を傾《かし》げたことはないだろうか？　彼らは家が裕福というわけではない。ちゃんとした職業に就いているわけではないし、そうかと言って、山師ややくざ者のような顔つきをしているわけでもない。どこにでもいる、まともな口のきき方も知らないような若者たちだ。彼らは、ぼんやりとハンドルを握り、インカの神々を思わせる、固くうつろな表情で、おしゃれな通りやハイウェイの高架道路を通り過ぎてゆく。ひょっとしたら、あなた方の学校時代のクラスメートかもしれない。だが、その頃は取るに足らない奴だと思っていたことだろう。それがいまでは得意の絶頂にある。なぜ？　どうやって金持ちになったのだろう？　どこで運をつかんだのだろう？　心地よいエンジン音を響かせながら彼らが通りの向こうに消えてゆくと、あなた方はまた考える。

彼らにはいったいどんな秘密があるのだろう？　それは、フェルラーナ通り五番の、黄色と青の斜めの線で塗られた門柱の上に、「エレブス自動車整備工場」という大きなネオンサインの看板が掲げられている店の中庭の奥にある。そしてその秘密は、じつはオノフリオと呼ばれていて、見たところ、リヴォルノ訛《なま》りでしゃべる年老いた自動車修理工でしかない。だが、それは仮の姿で、オノフリオはもっとすごい人物なのだ。彼が持っている真の力がいかなるものか、一握りの人々しか正確に知らない。憶測する者はいても、誰もあえて口にしようとはしない。

私は、高校の最終学年だった子どもの時分から、貴族の家柄で、自動車マニアの友人セルジョ・バルツァといっしょにそこに通っていたので、彼を知っている。その頃のオノフリオは――四十年も前のことだが――いまとまったく変わらなかった。脚の悪い、痩《や》せぎすの老人で、へらへら笑いながら、ほかの修理工の手におえないやっかいなエンジンの故障を、ものの数分で直してみせた。中庭はいまも当時のままで、店の主人のいる小部屋も変わらない。当時はクロスティとかいう人が座っていたところに、いまはオノフリオ自身が座っている。

その頃、バルツァは車は一台も持っていなかった。「いったい、あの店に何をしに行くんだい？」私はたずねたものだ。「べつに」彼は答えた。「オノフリオとおしゃべりするのが好きなのさ。すごく面白い男なんだ」

彼といっしょにそこを訪れるたびに、セルジョは折を見て、オノフリオと小部屋の中で長いこと話し込んでいた。時々、老人の不快な笑い声が聞こえてきた。「何の話をしていたんだい？　どんな相談をしてたの？」あとで私はセルジョにたずねた。「きみには興味のないことだよ。大人の話さ」彼は、まるで大人が子どもに言うように答えた。

セルジョの変身はあの頃に遡《さかのぼ》る。学校ではからっきし勉強ができなかった。それが全科目で七や八を取りはじめた。ポケットの中に一文の金も持っていなかったのが、大金持ちのような服を着て学校に来るようになった。醜男で、あか抜けていなかった。なのに、目の覚めるような美人の女の子たちと歩いているのを見かけた。彼自身、まるでハンサムになったかのようだった。ある日ついに、真新しい、有名ブランドの赤いレーシングカーを運転して学校に来た。道行く人々は振り返った。

遺産がころがりこんだのか？　それとも、父親が一山当てたのか？　金鉱でも見つけたのか？　私たちがたずねても、彼は陽気に首を振るばかりで、返答を避けた。まもなく学校をやめた。そして小説の中の登場人物のように、ある種の運命に導かれるまま、華麗な人生を歩んでゆくのを、私たちは遠くから眺めていた。そして私たちとは別世界の住人になった。時々、新聞に彼の写真が載った。トゥルン・ウント・タクシス家の令嬢と結婚したとうわさされた。それから、行方がわからなくなった。彼については、ますます断片的で曖昧《あいまい》なうわさしか伝わってこなくなり、ついにはどんよりとしたベールに覆い隠されてしまった。いろんなうわさが流れた。上流社会のスキャンダル、スペインでの裁判、華々しい表舞台への復帰、そして新たな凋落《ちょうらく》。

けれどもそのあいだ、私は彼の秘密を知ることができた。つまり、オノフリオの正体を知ったのだ。修理工だなんて、とんでもない！　彼は、現代風に青のつなぎ服に身をやつした悪魔、いにしえの蛇なのだった。だが、セルジョは、あれらのすべての贈り物——富、女、成功、すばらしい車——をただで手に入れたのだろうか？　見返りに何を与えたのだろう？人生では払うべきものはきちんと支払われなければならない。あなた方もご存じだ。いにしえの契約を結べば、幸運の代償として何を支払わなければならないか、その代金は何であるかを。そう、魂だ！（そして悪魔たちは、借金を取り立てるために、あちこちで待ち伏せしているのである）

私はこのことを、セルジョが学校を去る前に、ある日、彼自身の口から聞かされた。彼は言った。「馬鹿なことを考えるなよ。けっしてきみが知るべきことじゃない。きみにはふさわしくない。きみは真面目な若者だ。そんな必要があるだろうか？　頭がいいし、学校の成績も優秀だし、家族にも恵まれている。こんなインチキなどせずとも、やっていけるさ」セルジョは、心から私を好いてくれていたのだ。

じっさい、私は優秀な少年だった。いつも試験を受けずに進級した。何もかもがたやすかった。成功するために、自分の一番大事なものを売り渡すなんて、恥ずべきことに思えた。

しかも、オノフリオのような男に、油にまみれた薄汚い老人に！

　こうして、私は自分の道を進んでいった。修理工に出会うときには――私の家は近くだったのだ――蔑《さげす》むような目で彼を見た。彼は時々、苦労しながら小走りに私を追いかけてきて、ご機嫌を取るような卑屈な口調でこう言った。「旦那さん、旦那さん、時にはうちにお寄りください。お取り引きいただけることを心よりお待ちしております。現金の持ち合わせがなくてもかまいません。それでも、折り合いをつけることはできますから……」私は歩みを速めて、遠ざかった。

　私は、自信に満ちあふれて、我が道を進んだ。私は、頭がよくて、真面目で勤勉、体も丈夫で、けっして幸運を得るために魂を引き換えにする必要などない模範的な若者だった。哀れなオノフリオ。待ちくたびれるだけだろうに。


　ところがいまや、私は年老いて、くたびれ、人生に幻滅し、もう希望を抱くこともできなくなった。病身の敗残者、ポンコツとして、エレブス自動車整備工場の前に立っている。ついに屈服したのだ。

　オノフリオは小部屋の中に座って、金勘定をしているふりをしていた。

「こんにちは」私は声をかけた。「こんにちは」彼は曖昧な口調で答えた。「私がわかるかい？」「はて、そう言われても、いったい、どなたでしたかな……」「いつもここにバルツァ伯爵と来ていたじゃないか、憶えてないかい？」私は言った。すると彼は答えた。「ああ、バルツァ伯爵……ずいぶんと昔の話ですなあ……すみません、私も年を取ったので」（だがそれは本当ではなかった。あれほどの年月が経っても、彼はちっとも変っていなかった）

「憶えているだろう。バルツァ伯爵が、ここで、あんたから何台も車を買ったのを。カウンスル、ロールスロイス、レース用のスーパー・ドヴォアチン、八気筒のマクサー……忘れたのかね？」「ああ」彼はとぼけたようすで声を上げた。「忘れるなんてとんでもない。マクサーは自動車の貴婦人でした！」「では、オノフリオ、私のことは憶えているかい？」

彼は上目遣いにじっと私を見た。痩せて曲がった彼の肩が、まるで体の内部からわき起こったかすかな笑いによってぴくりと動いたような感じがした。それから低い声で言った。

「車をお求めで？」

「いや」私は静かに言った。

「掘り出し物の中古車をお探しで？　ああ、あなたは運がいい。ほんの三十分前に……」

「いや、そうじゃない」

オノフリオはいまや、あの嫌な感じの笑い方で笑っていた。目のまわりの皮膚に皺《しわ》を寄せ、瞳がほとんど見えないくらいに目を細めて。

「新車ですか？　もちろんすぐにご用意できますよ、それも……」私は遮った。「いやいや、ちがう。車が欲しいんじゃないんだ」

オノフリオは私を見つめた。値踏みするようにじっと見ていた。どうして黙っているのだろう？

「オノフリオ、昔のあんたは親切だった。私によく言っていたろう。『うちにおいでください。心よりお待ちしております。ご決心をなさることを』と。あのとき、あんたは車のことだけを言っていたわけじゃないだろう……」

「旦那さん、いったい何のことやら……」

「バルツァ伯爵を憶えているだろう。彼は車を買うためにあんたのところに来ていたわけじゃない……彼の秘密は知っているんだ……じつは、私も……」

整備工場の白い小さな中庭に照りつけていた陽射しが、大きな黒雲に遮られたかのようににわかに陰った。向こうの作業場から聞こえてくる物音がやんで、静かになった。そして、オノフリオはもはや、ようやく整備工場の主人に収まった老人ではなかった。彼の顔はいま、蠟《ろう》でできたように見え、ぞっとする光で輝いていた。

「さあ、オノフリオ、どうした？　あんたがバルツァ伯爵に与えたものを、私にも与えてくれないか？」

「旦那さん！」彼は咎《とが》めるような口調で言った。

「彼があんたにやったもの、それを私もやってもいい！」

「旦那さん！」彼はもう一度言った。

「否定しないのだね。それでは買ったことを認めるんだな。彼の……」

私には、その馬鹿げた恐ろしい、「魂」という言葉を口にする勇気がなかった。整備工場の小部屋で言うにはあまりに馬鹿げた言葉だった。それを口にしたのは彼だった。

「魂……ですか？」（憎らしい、冷ややかな声だった）「幸運、金、栄光、愛、幸せの代償として、魂を売ると？……旦那さん、あなたがおっしゃりたいのは、そういうことですか？」

私は、黙ってうなずいた。

「ようやく、あなたはやってきた！　ごりっぱ、いや、ごりっぱです！……やっと決心されましたか？……でも、時間がかかりましたね……何年も、私はあなたをお待ちしました。そう、あなたを……何年も、何年も……でも、あなたは必要ないと思ってらっしゃったんでしょう？　けっして私のところにはやってこなかった……あなたはひとりでなんとかしてこられたんでしょう？　私を蔑んでいた。そうでしょう？　正直におっしゃってください……」

「いや、そうじゃない。怖かったんだ」

「でも、いまではもう怖くないのですね？　いまではもう蔑んではいない。昨日理解できなかった多くのことが今日は理解できる、準備ができていると？」ここで彼は頭《かぶり》を振り、長い間を置いた。「でも、いまさら、この老いぼれオノフリオに何ができるでしょう？　遅すぎました、旦那さん。信じていただきたいのですが、老いぼれオノフリオは、もうあなたのお役には立てないのです……」

「どうして？　バルツァ伯爵とちがって、私は払ってくれないとでも？」

「ええ、そうです、そうですとも、旦那さん。もっとはっきり言えとおっしゃるのなら……そう、あなたの魂を！　どうか正直におっしゃってください。いまの私に何が実現できますか？　教えてください、私に何ができるか」そして、人差し指をかたわらの壁に向けた。

壁には大きな鏡がかかっていた。ガソリン会社の広告の鏡だ。そして鏡の中には私の姿があった。やつれた顔、灰色の髪、過ぎ去った長い歳月、たどってきた長い道のりが（その道を私は胸を張って、自信にあふれ、最後まで誰の手も借りる必要はないと確信しながら歩いてきたのだ！）。

「教えてください」老人は憎らしげにくり返した。「教えてください、私に何ができるというのか？　バルツァ伯爵は、たしかに満足されました。でも、十八歳でした、バルツァ伯爵は！　十八歳です！　旦那さん、おわかりですか？」

一方、私は、五十八だった。そして残されたわずかな年月の中で、ここにいる青いつなぎ服を着たオノフリオという名の悪魔を喜ばせることができるだろうか？　正直なところ、いかなる悪徳、暴飲暴食、裏切り、残酷さ、嘘、不実、冒瀆《ぼうとく》的行為、犯罪を彼に提供できるというのか？　これまでまっとうに生きてきて、その生真面目な生き方が骨の髄まで染み込んでしまったこの私が？　いまさら罪の饗宴《きょうえん》を開くエネルギーをどこに見つけることができるというのか？　若さが必要なのだ。二十歳の貪欲《どんよく》さと熱狂、他人をしのぎたいという熱望、ひたむきな心、激しい衝動が。そう、あの頃なら、悪魔に仕えることができただろう。だが、いまの惨めな私では！

「さようなら、旦那さん」立ち去ろうとする私に目をやりながら、オノフリオは言った。彼の声に、哀れみに似たものが感じられたのは、気のせいだろうか？

私は、屈辱と敗北感とともに歩きだした。悪魔さえも、私の目の前でバタンと扉を閉めたのだ。そうこうするうちに、空には雷雨の気配が漂ってきた。向こうのガス工場の上で稲光がひらめいた。まもなく雨が降るだろう。

これほどの孤独を感じたことはなかった。大聖堂《ドゥオーモ》の前を通るとき、ふと大扉に目が行った。

閉まっていた。だが、おそらく鍵はかかっていないだろう。ちょっと押しさえすればいい。ほんのちょっとの勇気を出せばいいのだ。中には、おそらく安らぎが待っているだろう。

だが、私は歩き続けた。歩みを緩めさえしなかった。狂おしい気持ちでポケットの中をさぐった。きっと、タバコの一本くらいは私に残されているだろう。

個人的な付き添い

Scorta personale

町の門の外側の、古い税関の城壁から数十メートルのところに、私を待っている者がいる。はじめて彼を見たのは、もう何十年も昔、私が少年だった頃だ。住んでいた町の古い城壁の上によじ登って遊んでいたとき、灰色の服を着た男が、外の草地にたたずんで、私をじっと見つめていた。距離は少なくとも四百メートルはあったので、その男が若者なのか老人なのか、醜いのかハンサムなのか、貧乏人なのか金持ちなのか、見分けることはできなかった。手にはステッキを握っていて、そこを散歩しているときに、立ち止まって私に目を向けたように思えた。私がいる場所まで登るには、崩れかけた急勾配の城壁をよじ登らなければいけなかった。だから、その見知らぬ人物は、一種の讃嘆《さんたん》の念で私を見ているのだろうと思った。気をよくした私は、彼に手を振って、挨拶を送った。すると、彼はステッキを持ち上げて、軽く振った。まるで、私たち二人のあいだに生まれたひそかな仲間意識のようなものを伝えようとするかのように。それは奇妙な感じだった。彼がいる城壁の外の草地の、そう遠くないところに、ジプシーの幌《ほろ》馬車が何台か見えた。そのとき私はふと疑念を抱いた。あの男はジプシーで、ひょっとして私を誘拐するつもりではなかろうかと。だがそのときは、のどかで安らかな昼下がりで、薄曇っていたとはいえ、陽射しは暖かく、男も害を与えるようには見えなかったので、そのような不安は長くは続かなかった。だが、誘拐という陳腐な恐れは、ある未知の不安をかき立てる考えに取って代わった。それは、うまく説明することができないが、まるで、家族や学校や友人たちといったものとは別の、人生の取り分を発見したかのような感じだった。そのときまでは思いもしなかったが、それもまた私のものであり、私を待っていた、人生の謎めいた取り分。それが、目の前に突如として現れたのだった。

そう思ったのはほんの一時のことだった。数分後には、私は城壁から降りようとしていた。そして、おそらくその午後のことは二度と思い出さなかっただろう。三年後、町の一番端まで自転車で行ったときに、草地の上に立ち止まって私をじっと見つめているように思われる男に気づくことがなければ。見た感じでは、城壁から見かけたあの男にとてもよく似ていた。落ち着いた表情も同じだし、やはりステッキを手にしていた。よくある偶然の一致だと考えることもできた。三年も前のことを正確に思い出すことができるだろうか？　それに、同じような体格で、ほとんど同じような服装で、手にステッキを持った男が、いったいどれだけそのあたりにいるだろう？　それでも私は同じ男だと、瞬時に確信した。そして、もしものときは自転車ですぐに逃げられると考えて、もっと近づいてよく見ようとした。だが、方向を間違えたのか、彼があっという間に遠ざかってしまったのか、それとも、私の見間違えか、草地には、ひとりではなく、五人の男がいた。その誰も、私のほうを見たりしなかったし、探していた男にも似ていなかった。

けれどもその出会いは、私の中に暗い不安を呼び起こした。そして、本で読んだことのある、魔法じみた、驚くべき冒険が私の人生において始まろうとしているのではないかと思った。人は、時として、運命に導かれてそのような冒険に足を踏み入れることがある。だが、歳月の流れとともに、そういうことはだんだん稀《まれ》になっていく。

冒険は始まらなかった。私はいつもの生活を続け、草地にたたずんでいた男のことは、頭から消えていった。大人になり、ああいったことは、子どもっぽい馬鹿げた空想に思えていった。

こうして十年ばかりが過ぎた。やがてあるとき、外国の町に行って、しばらくそこに滞在した。夕暮れ時、郊外の道を車で走っていると、町の一番端の家並みの向こうに広がる、静かで滑らかな草地の上で、ステッキを振りながら私を見ている人物を見かけた。

車で通り過ぎる者はいくらでもいるのに、どうして彼がほかならぬ私を見ているとわかったのか、どうして、あの遠い日に見たのと同じ男が、未知の王国の密使として、わざわざ私のために世界を横断して、町はずれで私を待っていたのだとわかったのか、いまさら問うのは無益である。たしかに、彼だった。

そのときから、何度も彼に出会った。どの町に行っても、ちょっと町外れに足を伸ばしたときや、見晴らしのきく鐘楼《しょうろう》にのぼったときなどに、彼を見かけた。しばらくは、それが頭から離れず、怖かった。あの男は、私を追いかけていて、私につきまとっているのだ。もしかすると、夜を待って町の中に入り、人気《ひとけ》のない道を通って私の住まいまでやってきて、密かな目的から眠っている私を襲うのではないか？　そのとき、私はどうやって身を守ればいいのだろう？　数は少ないが、面と向かい合うべく、勇気を奮い起こして近づこうとしたときには、かならず出会いを妨げる何かが起こった。とつぜん彼が姿を消したり、ほかの人々が近寄って来て邪魔をしたり、私が道に迷ったりしたのだ。

私にいったい何の用だろう？　時折、心の中で思った。うまく彼を捕まえることができたら、たまたまそこを通りかかった、ちゃんと名前もある、どこにでもいるような浮浪者だとわかり、相手は私の奇妙な関心に呆れ返る、といった結末に終わるのではないかと。だが、そうだとしても、心の底から安心はできないだろう。だから私は、恐ろしい出会いをしなくてもすむように、郊外に行くことを避けた。さらに考えた。たとえ、彼が私に出会えなくなったとしても、彼が私を追うのに疲れて、遠くに行ってしまうとはかぎらないと。では、一生、彼に付きまとわれるのだろうか？

だが、あれから多くの時間が過ぎた。私はいまや年老いた。そして彼は、私がどの町に行って暮らそうと、あそこに、城壁の向こうに、まだいるのだ。最近も、一度ならず、ちらっと彼を見かけた。私が満員の郊外電車の中で人ごみの中にまぎれていても、カーテンの後ろに隠れていても、暗闇に守られていても、彼は落ち着いた視線を、ほかならぬ私に、じっと向けていた。

人はこう反論するかもしれない。私が田舎や海にいるときに、彼はいったいどこで私を待っているのかと？　だが、これは彼にとってまったく問題ではない。私が田舎にいるときには、彼は近くに、ただし一定の距離を置いたところにいるのだ。草地に現れるのが好きな彼にとっては、そういう場所を選べばいいだけの話だ。私が船に乗って海の上にいるときには、彼はいつも私の次の上陸地を知っている。船が陸地に近づく頃には、きっとすでに先回りして、静かに岸辺を散歩していることだろう。

私にはよくわかっている。だが今では、不安は無くなった。もはや彼を恐れてはいない。私に何を望んでいるのか、どうしてそんなに苦労して私を追いかけるのか、そして、（この世の存在かどうかも定かではない）彼がいったいどんな世界からやってきたのか、それはまったくわからない。この話は未だにいくつもの謎に包まれているので、理解できたとまでは言わないが、ただ最近になって私は、彼の本当の意図が何なのか、なんとなく気づくようになった。つまり、あの未知なる人物は、私に何か悪いことを望んでいるのではなく、苦しめたいわけでもなく、夜、眠っているときに襲いかかるつもりもないのだと確信している。彼は、待つことに満足している。町から町へ私のあとを追い、私を煩わせないように、雨風に打たれながら、離れたところで待っている。いつか、私がついに立ち止まる日が来ることを信じて。ずっと先のことかも知れないけれど――そうであることを望むべきかどうかわからないが――私は、最後の旅で、ある町か、村に入るだろう。つまり、そこは旅の終着点になるだろう。そして、二度とそこから出発することはできないだろう（少なくとも、「出発する」という言葉の通常の意味においては）。その時はじめて、彼は意を決するだろう。その時はじめて、城壁の内側に足を踏み入れ、静かな歩みで通りを進み、私の家までやってきて、ステッキで扉を叩くだろう。

私はもはや彼を恐れてはいない。それどころか、日々を送りながら、彼に対して一種の感謝の念を感じている。なぜなら、歳月は流れ、私の顔は年老いて、子どもの頃に暮らした家は無くなり、遠い良き時代を思い出させてくれる友人たちは、ひとり、またひとりと亡くなり、春が来るたびに、私はますます孤独になり、私を愛してくれる人々も、希望も、ますます減っていくからだ。けれども彼は、しんぼう強く私を待っている。私の周囲で、少しずつ悲しみが積み上がっていくとき、私からけっして離れていかないのは、きっと、郊外の草地でステッキに寄りかかった彼だけになるだろう。結局、私を残して逝かないのは彼だけだろう。彼だけが、人生の一番困難な時期にそばにいてくれるだろう。だから、どうして憎む必要があろう？　どうして、いなくなることを願う必要があろう？

城壁によじ登ったあの日から、どれだけたくさんのことが変わったことか。時折私は、早く彼に会いたいとすら思う。どんな代償を払ってもいいから、ついに彼の顔を拝み、彼が灰色の服のポケットからどんなメッセージを取り出して、ほほえみとともに私に差し出すのか、知りたくてたまらない。そう言ったら、みなさんは信じてくれるだろうか？

巨《おお》きくなるハリネズミ

I ricci crescenti

検事代理のジョヴァンニ・アウエル氏が、ある晩、町外れの自宅で、その時間には誰もいないはずの隣の客間で物音がするのを聞いたとき、彼は、死刑を求刑すべきかどうかまだ迷っている、オレアーリ裁判の論告の準備をしていた。アウエル氏は、書き物机から離れると、部屋に通じる扉を開け、電気をつけた。

客間の中央の絨毯《じゅうたん》の上に、シャンデリアの明かりで明々と照らされて、三匹のハリネズミがいた。だが奇妙なのは、体のより大きな二匹がもう一匹の後ろ足をくわえて引きずっていることだった。三匹目のハリネズミは仰向けの姿勢で滑りながら、頭をおかしな具合に持ち上げて、あたりを見まわしていた。アウエル氏の出現にハリネズミたちは歩みを速め、あっという間に食器棚の下に消えていった。

家の中にハリネズミが現れること自体は、不思議なことではなかった。だが見かけるのは、ふつうは地下室だとか、薪《たきぎ》置き場だった（一度、アウエル氏は巣穴にもぐり込もうとしているハリネズミを空気銃で撃ったことがあったが、逃げられてしまった）。奇妙なのはむしろ、どこか知らない隙間を通って客間にもぐり込んだことだった。しかも三匹同時に現れたのも甚だ妙だった。食器棚を動かした若い検事は、床と壁の間に広い隙間を見つけた。そこから入ったのだ。とりあえず古新聞を詰め、しっかり押し込んで穴をふさぐと、仕事にもどった。

　三十分ほどが経ったときだった。さきほどよりも大きな物音がした。今回は、客間に入る前にステッキで武装した（たしか、ハリネズミは食べられるそうだ。野趣に富んだ繊細な味がするとか。それとも、それはヤマアラシだったか？）。だが、隣の部屋に入って電気をつけたアウエル氏は、困惑して立ち止まった。いったいどこを通ってもどってきたのか、三匹のハリネズミがさきほどと同じように絨毯の上を横切っているところだった。けれども、さきほどよりも体はずっと大きく、生まれたばかりの子豚よりも大きかった。そのうえ、ぎっしりと生えた針を逆立てていた。

　きわめて異常な出来事を前にしてもまったく動じずに冷静沈着でいられるのは、本来備わっているジョヴァンニ・アウエル氏の性格であった。なので、瞬きひとつしなかった。それでも、一戦交えるべきかどうか迷っていた。ハリネズミの一匹が——これでもまだハリネズミと呼べるだろうか？——引っ張る動作をやめて、彼のほうに顔を向け、脅しのつもりか、笑っているのかわからないが、歯をむき出して見せたのでなおさらだった。二匹目も立ち止まり、彼を見つめていた。一方、三匹目はあいかわらず仰向けで、まるで体を動かすことができないようだった。あたりには、強い動物の匂いが立ち込めていた。

「シッ、シッ！」検事は、ハリネズミたちを追い払おうと、声を上げた。そして右手でステッキを振りかざした。

「出ていけ、汚らわしい動物め！」

そのとき、健常なハリネズミの一匹が数歩前に出て、説明するような仕草で足を上げるとはっきりと言った。「堪忍。旦那さん、堪忍。私たち、息子、家に連れてくる」そしてその息子にむかって、安心させるためにこう言った。「おまえ、知ってる。旦那さん、足悪い。だから、杖持ってる」ハリネズミは言葉を一つ一つ区切りながら、外国語にあまり習熟していない外国人のように、動詞はすべて不定形で話していた。だが、語彙《ごい》を選ぶにあたっては、さほど迷うこともなく、よどみなくしゃべっていた。

アウエル氏は、持ち前の冷静さを発揮して、即座に頭を切り替えると、自然についての知識の枠組みから、ふつうのハリネズミに対して有効だった従来の認識を捨て去り、言葉をしゃべる巨大なハリネズミも存在するのだという認識に難なく置き換えた。「さあ、出てけ！」彼はもう一度言った。だが、ステッキは下ろした。「こんなことはもうたくさんだ」そう言うと、何もせずに、ハリネズミたちが立ち去るのを見届けた。

アウエル氏が、その晩まで存在を知らなかった、ピアノの後ろの壁に開いた大きな穴を木切れと速乾性の漆喰《しっくい》でふさぐのには、一時間以上がかかった。ハリネズミたちはその穴を通って姿を消したのだった。机にもどったときには、夜中の一時が過ぎていた。そして家はふたたび静寂に包まれた。

三十分ほどが過ぎたときだった。客間から三たび、しかも、さらに大きな物音が聞こえてきた。アウエル氏はぐっと感情を抑えた。もう二度と出てこられないようにしてやると決意すると、戸棚から猟銃を取り出し、弾をこめた。それから、銃を水平にかまえて、バタンと客間の扉を開けた。

たしかに消したはずなのに、明かりがついていることに、まず驚いた。だが、それ以上の驚きが待っていた。三匹のハリネズミがふたたびそこにいた。けれども、もはや無害な小動物ではなかった。羊のように大きく、いまや、針は銃剣のように長かった。ノアの洪水以前の怪物だった。

息子は、ソファーの上に仰向けになっていたが、その図体に対して、ソファーは大きすぎるようには見えなかった。後ろ足を外に垂らし、座っているみたいだった。残りの二匹のうちの一匹は、絨毯の上でまどろんでいた。そして母親と思われるもう一匹は、アルコールコンロにナポリ式のコーヒー沸かしでコーヒーを用意していた。

撃つべきか？　検事は冷静に起こりうる結果を予測した。息子は、疑う余地なく、体が半分麻痺《まひ》している。だが、残りの二匹は？　倒すには、二連発の猟銃では歯が立たない。もし抵抗されたら？

三匹は身じろぎもせずに彼を見つめた。そして、重苦しい沈黙が流れた。やがて母親のハリネズミが愛想よく言った。「堪忍、旦那さん」例の奇妙なイタリア語で言った。「この家、私たちのじゃない、私、知ってる。でも、こうして、私たち、息子、楽しませる……私たちの息子、体が不自由……きょう、日曜日……私たち、毎週日曜日、ここ訪れる……ブラック・コーヒー、いかが、旦那さん？」

「いや、じつは」アウエル氏は、はじめて事態に圧倒されていた。動物たちが銃を見て怒り出さないか心配して、口ごもった。「……銃をみがいていたんだ……きょう、狩りに行ったものだから……」

「かわいそうな子」母親は、脚で、ソファーに寝そべった息子を指し示しながら、しゃべり続けた。「七年前から、ずっとこう。この子、巣穴の前で、歩くの学ぶ。そのとき、男、来て、撃った……二本の脚、もう動かない……弾入ったまま……ドルル、ドルルや」（母親は体の不自由な息子にむかって声をかけた）「旦那さんに、弾見せる……ああ、心配ない、旦那さん、心配ない……さあさあ、どれほど大きいか、触る！」

アウエル氏は、これまで経験したことのない感情を味わっていた。まるで自分が別人になろうとしているかのようだった。不安、胸苦しさ、激しい心臓の鼓動を感じた。本を読んで得た知識から、その感情が何なのか理解したように思った。それは、恐怖と呼ばれるものだった。

言われるままに、寝そべっているハリネズミに近づいた。ハリネズミは、針でソファーの布地をきしませながら片側を向いた。そして脚でその場所を示した。アウエル氏は、慎重に針のあいだに手を差し入れて、そこに触れた。脊柱《せきちゅう》のあたりに、ビリヤードの玉くらいの大きさの固いこぶが突き出ていた。

「なんてことだ！」検事は、何か言わなければと思って、声を上げた。

病人は、すぐにふたたび寝そべり、奇妙な低い声でうめいた。「ほかの子たち、原っぱであそぶ、ほかの子たち、ミミズつかまえにいく、ほかの子たち、花のあいだで歩く、走る。ぼく、ここで、ソファーの上でじっとしてる……」そう言って嘆き、すすり泣きはじめた。

「いつもこう、いつも」母親は憐《あわ》れんで言った。「なんてつらい、かわいそうな子！　さあ、ドルル……旦那さんに話す……誰、銃で撃ったか、話す……」

「男」ハリネズミはすすり泣きながら言った。「大きくも小さくもない男。この人みたいな」そして脚で検事を指し示しながら言った。「顔もちょっと似てる……」

ようやく、アウエル氏は理解した。こいつは、まさに何年か前に空気銃で撃ったハリネズミだったのだ。これからどうなるのだろう？　逃げようと思った。だが、階段に続く扉に達するのは簡単ではなかった。父親のハリネズミを飛び越えなければならなかった。その父親は、道を完全にふさいで、黙って彼を見つめていた。

「ああ、私、蛇にさえひどいことできない」そのあいだ母親は話し続けた。「でも、もしあの悪党知ってるなら、もし出会うなら……ゴグ、あなた言う。もしその男に会ったら、どうする？」

問われて、父親はようやく、どこかマルケ方言を思わせるアクセントで、しわがれた深い声を響かせた。「おれはそいつに歯を突き立ててやろう」彼は明瞭な話し方で答えた。「居場所はわかっている……すぐには離さないだろう、すぐには！」こう言って、歯茎の上で唇を持ち上げた。脅しているのか、笑っているのかわからなかった。それとも無意識の癖なのだろうか？

検事は、肝をつぶして後ずさりした。つまり、ハリネズミたちは彼だということを知っていて、復讐のためにやってきたのだ。アウエル氏は、そのやり口をよく知っていた。一見、意味のない、どうでもいいような話をしながら、いつの間にか巧みに相手を追い詰めていく尋問の手法を。何度、彼は取り調べで、狡猾《こうかつ》極まりない連中の口を割らせるために、その方法を用いたことか。

「もういやだ、ママ」このとき息子が声を上げた。「ぼく、待つ、うんざり！」

父親と母親が同時に動いた。ソファーから息子を引っ張り下ろそうとしただけかもしれなかった。だがアウエル氏は、二匹が自分のほうに猛然と襲いかかってくるのだと思った。彼は、自尊心をすっかりかなぐり捨てて、やにわにくずおれ、ひざまずいた。

「憐れみを、お情けを、旦那様方」彼は哀れな声で卑屈に懇願した。「……誓って言いますが、過失だったのです……悲しむべき過失だったのです……私は清廉潔白な検事です……どうか信じてください」

二匹の怪物は、彼には目もくれず、注意深くそっと息子をソファーから下ろすと、彼を乳母車のように引っ張りはじめた。階段の入り口まで来ると、父親は威厳のあるしぐさで扉を開けて通り抜けられるようにした。母親も後に続いた。だが、敷居のところで頭を後ろに向け、まだひざまずいているアウエル氏を見つめた。

「哀れな！」母親は大声で言った。「おまえも、おまえたちみんなも、恥じるがいい。おまえたち言う。これ、いいこと。これ、悪いこと！　でも、おまえたち、何知っている？　おまえたち、何も知らない。おまえたち言う、大きな罰あれば、これする、罪。罰小さいと、小さな罪。もし罰なければ、罪ない、と。私たち小さいと、おまえ撃つ。私たち大きいと、おまえひざまずく……おまえたち、良心口にする。おまえたちの良心？　ふんっ！　おまえたち言う、良心、義務、後悔、良心の呵責《かしゃく》……どうして、代わりに、恐怖言わない？　おまえたちの中には、ただ恐怖だけ。いつも恐怖。おまえ言う。せい……けっ……」

「清廉潔白」職業柄の癖でアウエル氏は反射的に助け舟を出した。

「……おまえ、清廉潔白言う。おまえ、生きるか死ぬか決める……おまえ大馬鹿者！」（こう言いながら、彼女も上唇を持ち上げて歯をむき出しにした）「もしいつか、神、病気になって、力失えば、おまえたち、喜んで、冒瀆《ぼうとく》する！　それが、おまえたち、人間！」

ハリネズミは、息を継ぐために言葉を切ってから、さらに叫んだ。「卑怯《ひきょう》者！」そして、たいそう優しく息子を階段の踊り場に引っ張り出し、背後で扉をバタンと閉めた。検事は、彼らがゆっくりと階段を降りていくのを聞いた。

魔法にかかった男

Il borghese stregato

四十四歳の穀物商、ジュゼッペ・ガスパリは、ある夏の日、山あいの村に到着した。そこに妻と娘たちが避暑に来ていたのだ。到着するとすぐに昼食を取った。そのあと、ほとんどの者が午睡《ごすい》を始めたので、彼はひとりで散歩に出かけた。

山を登ってゆく急な家畜用の山道を歩きながら、まわりの風景を眺めた。陽射しに恵まれていたにもかかわらず、彼は幻滅感をおぼえた。松やカラマツの森が広がり、そそり立つ絶壁に囲まれたロマンチックな谷を期待していたからだ。だがそこは、荒涼として険悪な感じのするドーム型の低い山に囲まれた、アルプス前山の谷間だった。ハンター向けの場所だな、とガスパリは思った。すばらしい絶壁がそびえ立ち、伝説に満ちた古い森のそばに城の形をした白亜のホテルが建っている、そんな、至福を絵に描いたような谷間には、ほんの数日ですら過ごせたためしがないのを嘆いた。そして、自分の人生はいつもこうだったと、苦々しく思った。結局のところ、何ひとつ欠けているものはなかった。だが、何であれ、望んだものよりいつも劣っていた。必要を満たすための妥協の産物にすぎず、けっして十全な喜びを与えてはくれなかった。

そんな思いにとらわれながら、しばらく道をのぼってから後ろを振り返ってみて、驚いた。村もホテルもテニスコートも、もうあんなに小さく、遠くなっていた。ふたたび歩き出そうとしたとき、低い尾根の向こうから数人の人声が聞こえてきた。

興味を惹《ひ》かれ、山道を外れて茂みの中を進み、崖の上に達した。その向こう側には、通常の道を行く者の目には見えない、両側を崩れやすい赤土の急斜面に囲まれた荒涼とした小さな谷が開けていた。そこかしこに岩が顔をのぞかせ、草の茂みや、枯れ木の残骸があった。五十メートルほど先で、峡谷は左に曲がり、山の側面に入り込んでいた。マムシが出そうな場所だった。陽射しが照りつけ、妙に謎めいて見えた。

その光景に、ガスパリは喜びをおぼえた。その理由は自分でもわからなかった。その小さな谷に、格別美しいところはなかった。それなのに、その場所は、彼の内に、もう何年も感じたことのない強烈な感情を呼び起こした。まるで、その崩れかけた崖《がけ》や、何か秘密めいたものに向かって消えてゆく見棄てられた谷間や、乾いた斜面でさらさらと小さな地崩れが起きるさまを見知っているかのようだった。もう何年も昔に、彼はその光景を垣間見たことがあったのだ。幾度となく。そして、それはなんとすばらしい時間だったことか。いかなることとも望むことができる時代にあこがれた夢と冒険の魔法の土地は、まさしくこのような場所だった。

だが、その真下の、棒杭と木苺《きいちご》の茂みからなる素朴な垣根の向こうで、五人の少年たちがひそひそ話をしていた。上半身裸で、奇妙な帽子をかぶり、帯やベルトを身に着けていた。異国人や海賊の衣装のつもりなのだ。ひとりは、小さな棒を発射するゴム式の銃を手にしていた。その子が一番大きくて、十四歳くらいだった。ほかの少年たちもハシバミの枝で作った小さな弓矢で武装していた。小枝の又の部分を利用して作った小さな木の棒を矢にしていた。

「いいか」額に三枚の羽根をつけている年長の子が言った。「あいつのことなどどうでもいい……ぼくはシストなど相手にしない。シストはおまえとジーノに任せた。二人ならやれるだろう。ぼくたちはそっと近づいて、不意討ちをかけてやるから」

ガスパリは、子どもたちの話から、彼らが野蛮人ごっこか、戦争ごっこをしているのがわかった。敵方は、前方にある架空の小さな砦《とりで》に立てこもっているのだ。シストは敵方のリーダーで、一番強くて、手ごわい相手らしい。要塞を手中に収めるために、五人は、そばに置いてある長さ三メートルほどの板を使うつもりのようだ。(ガスパリにはよくわからなかったが)敵の隠れ家の背後には溝か地面の裂け目があって、こちらからあちらへ渡る架け橋にするのだろう。そして、二人が正面から攻撃するふりをして谷底を進み、残りの三人は板を使って背後から接近するのだろう。

このとき、五人のうちのひとりが、谷の縁にたたずんでいるガスパリに、頭が禿《は》げ上がって額が高く、明るい優しそうな目をした中年の男に気がつき、「あれを見て」と仲間たちに言った。少年たちはとつぜん話すのをやめて、見知らぬ人間に胡散臭《うさんくさ》そうな目を向けた。

「こんにちは」ジュゼッペはすこぶる朗らかな気分で声をかけた。「さっきから見ていたんだ……で、いつ攻撃をかけるんだい？」

子どもたちは、見知らぬ男が叱《しか》るどころか、応援してくれているようなので気をよくした。それでも、物おじして口を開こうとはしなかった。

そのとき、ジュゼッペは馬鹿げたことを思いついた。そして、小さな谷間にぴょんと飛び降りた。崩れやすい砂利に足を取られながら、ちょこちょこと少年たちのほうへ降りていった。少年たちは立ち上がった。だが、彼は言った。

「私も仲間に加えてくれないか？　板を運んであげるよ。きみたちには重すぎるだろうから」

少年たちは薄く笑った。この辺りで見かけたことのない人だけど、この知らないおじさんはどういうつもりだろう？　だが、男の人懐っこい顔を見て、子どもたちは心を許しはじめた。

「だけど、向こうにはシストがいるんだよ」一番小さな子が、彼が怖がるかどうか確かめるために言った。

「へえー、そんなに恐ろしいのかい、シストは？」

「あいつは無敵なんだ」その子は答えた。「指で顔を突くんだ。目をえぐろうとするみたいに。悪者なんだよ、あいつは……」

「悪者？　それでもそいつを捕まえてやるさ！」ガスパリは愉快そうに言った。

こうして彼らは動き出した。ガスパリはもうひとりの手を借りて、板を持ち上げた。思ったよりずっと重かった。そして、谷底の小石を踏みしめながら、ふたたび谷の斜面を登った。子どもたちは驚きの目で彼を眺めていた。奇妙だった。彼には、子どもと遊んでやるときに大人たちが見せる、上から見下ろすような態度がこれっぽっちも感じられなかった。心底真剣にやっているように思えた。

やがて、小さな谷が折れ曲がっているところまでやってきた。そこで一行は立ち止まり、岩の背後に身を伏せ、それからそっと頭をもたげて様子をうかがった。服が汚れるのも気にせずに、ガスパリも同じように砂利の上で腹這《はらば》いになった。

そのとき、さらに風変わりで荒々しい峡谷の残りの部分が目に入った。周囲には、いまにも崩れそうな円錐形の赤土の山がいくつも突き出ていて、廃墟となった大聖堂の尖塔《せんとう》のように、丸く連なっていた。それらは漠然とした不安な印象を漂わせていた。まるで何世紀も前から、誰かが来るのを待って、そこにたたずんでいるかのようだった。谷の上部にそびえる、ひときわ高い小山のてっぺんに、一種の石の壁があり、三、四人の頭が突き出ているのが見えた。

「ほら、あそこに、やつらがいるのが見える？」五人のうちのひとりがささやいた。

彼はうなずいた。そして困惑していた。直線距離ではたいした距離ではなかった。にもかかわらず彼は、どうすればあそこに、深い谷間の向こうに切り立った、あの遥《はる》かかなたの崖までたどり着けるだろう、と一瞬自問した。日が暮れるまでに着けるだろうか？　だが、そう思ったのは、ほんの一瞬のことだった。いったい、何が彼の頭の中をよぎったのだろう？たかだか百メートルくらいの距離なのに。

少年たちの二人はじっと待機していた。タイミングを見計らって前に進むつもりだったのだ。ガスパリと彼といっしょの子どもたちは、姿を見られないように気を配りながら、谷の端にたどり着くために、もう一方の側から斜面をよじ登った。

「ゆっくり。石を動かすな」ほかの誰よりも結果の成否を案じているガスパリが小声で忠告した。「頑張れ、もう一息だ」

縁に達すると、何ということもない、脇の小さな谷の斜面を数メートルくだり、それから、やはり板を抱えたまま、ふたたび登った。

計画は綿密に計算されていた。ふたたび谷間のほうに顔をのぞかせたとき、野蛮人たちの小さな砦が少し下の、彼らから十メートルばかりのところに現れた。次は、草むらの中を降りていき、狭い地面の割れ目の上に板を渡す必要があった。敵はのんびりと座っていた。頭にたてがみのようなものをつけたシストがひときわ目立っていた。厚紙で作った、ことさらに恐ろしげな黄色っぽい仮面が、その顔を半分隠していた（だがそのあいだ、雲が彼らの頭上にやってきて陽射しが途絶え、谷は鉛色にかげった）。

「さあ、着いたぞ」ガスパリはつぶやいた。「ここからは、私が板を持って先に行く」

そう言うと、両手で板を抱えて、ゆっくりとイバラの茂みの真ん中を降りていった。そのすぐあとから少年たちが続いた。野蛮人たちに気づかれることなく、彼らは目指していた地点に達することができた。

だがここで、ガスパリは、思いに沈むように立ち止まった（雲はまだよどんでいた。遠くから、呼び声に似た悲しげな叫び声が聞こえてきた）。『なんと不思議な話だ』彼は思った。『ほんの二時間前にはおれはホテルにいた。妻や娘たちと食卓を囲んでいた。それがいま、何千キロも離れたこの未踏の地で、野蛮人たちと戦っているのだ』

ガスパリは目をやった。もはや子どもの遊びにおあつらえ向きな小さな谷も、ドーム型をしたありふれた山の頂きも、谷をのぼる道も、ホテルも、赤茶けたテニスコートもなかった。眼下には、これまでけっして見たこともないような、広大な森にむかってどこまでも落ち込んでいる断崖絶壁があった。かなたには、砂漠の揺らめく反射が、さらにその向こうには別の光が、世界の神秘を物語るもう一つの不可解なしるしが見えていた。そしてその手前に、絶壁の頂に、不吉な砦があった。斜めに傾いた陰鬱《いんうつ》な壁で支えられ、かろうじてバランスを保っている屋根は、陽射しを浴びて白く光り、笑っているように見える髑髏《どくろ》で飾られていた。呪詛《じゅそ》と神話の国、寂寞《じゃくまく》の地、われらの夢に許された最後の真実！

（存在しない）半開きの木の扉は、邪悪なしるしで覆われ、風のそよぎにきしんでいた。ガスパリはもうすぐそばまで、おそらく二メートルくらいのところにいた。ゆっくりと板を持ち上げ、向こう岸に倒そうとした。

「奇襲だ！」その瞬間、攻撃に気づいたシストが叫んだ。にやりと笑みを浮かべながらぱっと立ち上がり、大きな弓矢を手に取った。ガスパリを見て、一瞬戸惑った。それからポケットから、木の枝を、無害な矢を取り出した。弓の弦につがえ、ねらいを定めた。

だがガスパリは、不吉な文様で覆われ、（存在しない）半分開いた扉から、癩《らい》に体を蝕《むしば》まれた、ぞっとするような妖術師が現れるのを見た。伸ばした背は高く、生気を欠いた目をし、手には邪悪な力が込められた弓を持っていた。そのとき、ガスパリは板を放すと、ぎょっとして後ずさった。だが、相手はすでに矢を放っていた。

矢は胸に命中し、ガスパリは藪《やぶ》の中に倒れ込んだ。


夕闇が降りる頃に、ガスパリはホテルにもどった。疲れ果てていた。入り口の扉のそばのベンチの上に崩れ落ちた。人々が出入りしていた。彼に挨拶を送る者もいた。もう暗かったので、彼だとわからない者もいた。

だが、ガスパリは人々には注意を払っていなかった。自分の中にひたすら閉じこもっていた。そばを通り過ぎる人々は、誰ひとりとして、彼の胸の真ん中に矢が刺さっていることに気づかなかった。シャツににじんだ血の染みの真ん中から、いかにも堅そうな木でできた、暗い色の、みごとな作りの細い矢が、三十五センチほど突き出ていた。ガスパリの眼差しは、それを見つめていた。奇妙な幸福感が恐怖を抑えていた。抜こうとしたが、あまりに痛かった。かえしのせいでしっかりと肉に食い込んでいるにちがいなかった。傷口からは時々血があふれ出ていた。それが胸や腹に滴り、シャツのひだにたまるのを感じていた。

ジュゼッペ・ガスパリにとって、その時がやって来たのだった。すばらしく詩的な、そして残酷な形で。『おそらく、おれは死ぬだろう』ガスパリは思った。だがそれは、いつも彼のまわりにあったつまらない人生、人々、話題、顔に対するなんという意趣晴らし、なんというすばらしい雪辱だったことか。ああ、彼は、ホテル・コローナから数分のところにある山里の小さな谷からもどってきたところではなかった。遥かかなたの、人の手でまだ汚されていない純粋な土地、魔法の王国からもどってきたのだった。（彼以外の）人々がそこに到達するには、大洋を横断し、さらに長い距離を、荒涼とした寂しい土地を通って、敵対する自然や人間の非力さに抗《あらが》いながら進まねばならなかった。しかも、それでもなお、たどり着けるとは限らなかった。ところが、彼は……。

そう、四十を過ぎて彼は、子どもにもどったつもりで、少年たちの遊びに加わった。だが、天使のような軽やかさを帯びた子どもたちとちがって彼は、便々と過ごしてきた長い年月の中で知らず知らずに抱くようになった、重苦しく恨みがましい思いを込めて真剣に遊んだ。その思いが強すぎたがために、谷間も、野蛮人も、血も現実になった。人生のある時期においては越えればただではすまされない境界を越えて、もはや彼のものではないおとぎの国に足を踏み入れてしまったのだった。ほんの冗談のつもりで、秘密の扉に向かって「開け」と命じたのだが、扉は本当に開いた。「野蛮人」という言葉を口にすると、それは現実に現れた。遊びの矢が、本物の矢となって彼を死に至らしめることになったのだった。

つまり、容易ならざる魔法に代償を払ったのだ。引き返すにはあまりに遠くまで来てしまっていた。だが、彼はその犠牲と引き換えに、なんという鬱憤《うっぷん》晴らしを成し遂げたことか！

ああ、妻や娘たち、ホテルの仲間たちは、夕食をいっしょに取るために、彼を待っているがいい。夜のブリッジのゲームを楽しむために、待っているがいい！　パスタ入りのスープ、牛のゆで肉、ラジオのニュース。どれも笑ってしまうようなことがらだった。世界の暗い深奥からもどってきた彼にとっては！

「ベッピーノ」妻が、食事が用意されたテラスから叫んだ。「ベッピーノ、そんなところに座って何をしてるの？　いままで何をしてたの？　まだ登山靴を履いてるの？　服を着替えに行かないの？　もう八時を過ぎているのよ。私たち、お腹がぺこぺこだわ……」

「仕方ないわね……」ガスパリにその声が聞こえただろうか？　それとも、いまではずっと遠くまで行ってしまったのだろうか？　おれのことはほっといて、先に食べてくれ、と言うように、彼は右手を曖昧《あいまい》に動かした。もうどうでもいいことだった。笑みさえ浮かべていた。呼吸が弱まってゆくなかで、痛烈な喜びを感じていたのだ。

「ねえ、ベッピーノ」妻が声を張り上げた。「まだ待たせる気？　いったい、どうしたの？　どうして返事をしないの？　わけを聞かせてちょうだい」

彼は、「ああ」と言うように首を垂れた。そして、二度と頭を上げることはなかった。ついに彼は、惨めな男ではない、真の男になったのだった。もう腰抜けではなく、英雄だった。いまや、ほかの人間たちとは一線を画した高みに立っていた。そしてひとりだった。死にゆく者にふさわしく、顎《あご》を胸につけていた。そして冷たくなった唇は、侮蔑《ぶべつ》の色を浮かべながら、かすかに微笑《ほほえ》み続けていた。惨めな世界よ、おれはおまえに勝った。おまえはおれを引き留めておくことができなかったのだ。

機械

La macchina

天気がよい春の日には、私はミラノから十五キロほど離れたライナーテの荒地でサイクリングを楽しむ。町の近くに、このような、人気《ひとけ》がなくてほとんど手つかずの自然が残る場所があるというのは驚くべきことではないだろうか？　そこには家もないし、誰にも出会わない。丘や小さな谷、断崖《だんがい》、小山などの起伏に富んだ土地なので、近くにある大きなニュータウンもまったく目に入らず、はるか遠くの国にいるような気分になれる。森や草地や谷間や丘を縫うようにうねり、ロマンチックな驚きでいっぱいの細い小道を自転車で走るのは気持ちがよかった。

ある日の午後、従兄で友人のピエトロ・トレヴィジャーニといっしょにそこに行った。私が前を行き、彼がすぐ後ろをついて走っていた。道が十分広くて、遮るものがないところでは、二人で横に並んで、話すことができた。だが、その日は陽気がよく、野原に陽射しがたっぷり降り注いでいたので、おしゃべりすることもなかった。

プリマーナのあたりで、私たちは県道を外れ、細い田舎道に入った。分岐点から三、四百メートル進んだところでさらに、前に何度か探検して調査済みの枝道に進んだ。

この小道がすばらしいのは、途中で背の低いモミの森の中に入り、やがて突然モーリ採石場の跡地の縁に抜け出て、目の前に、深い静寂に包まれ、白い砂利が広がる景色が開けることだった。まるでアフリカの、神秘的な涸れ川《ワジ》のほとりにでもいるような感じだった。採石場では、数十年前まで採掘が行われていたにちがいない。今でも、作業員が使っていた仮小屋の残骸がある。古いトロッコ軌道がかなり残っていて、枕木が草に埋もれていた。それ以外には、小石がころがり、痩《や》せた草が生い茂り、蛇が這《は》っているだけの場所だった。

爽《さわ》やかなかぐわしい空気を吸い込みながら素早くペダルをこいでいると、不意に森が終わり、私はいっぱいの陽射しの中にいた。この先の道はたしか、草に覆われたでこぼこ道のつきあたりで急カーブになり、そこから急斜面を登ると採石場の縁に出て、こんどは、砂利の中を窪地《くぼち》の中心まで降りてゆく下り道になる。

「もうすぐだ！」私は連れにむかって声をかけ、向い側の斜面を駆けのぼる助走をつけるために、全速力ででこぼこ道を下っていった。そして採石場の斜面を楽々駆けおりるさまを早くも思い浮かべていた。だが、だしぬけに窪地の縁に出て、そのまま下り道に目を走らせた私は、急ブレーキをかけた。私たちは自転車から飛び降り、声も出ずにあっけにとられた。

私たちがいる場所から四百メートルも離れていない、石灰石がごろごろころがっている採石場のちょうど真ん中に、先週までは、いや、少なくともここ十五年くらいのあいだ、石ころと灌木《かんぼく》と鳥と蝶《ちょう》しか見当たらなかった場所に、とてつもなく巨大な機械がそびえていたのだ。それは、複雑極まりない奇妙な機械で、少なくとも五階建ての家くらいの高さがあった。目を引くのは、その強烈な黒さだった。といってもそれは、不吉な感じのする黒ではなく、まばゆい黒だった。これほど黒いものが存在するなんてそれまで思ったこともなかったが、おそらくその際立った色調は、ほかでもなく真っ白な採石場とのコントラストのせいもあるにちがいない。ともかく、どの部分を取っても、高級車のようにつややかな塗装を施してあるかに見えた。

機械の外観は異様で不安をかき立てた。中心部には、通風孔も小窓もない、滑らかで堅いドームのようなものがあった。そのドームのまわり全体に、一定の間隔で、放射状に斜めに、継ぎ手で繋《つな》がったクレーンのアームのようなものがいくつも伸びていた。

アンテナがごちゃごちゃと突き出ているような印象だったが、その一本一本はどれも同じ形をしていた。アンテナと言っても、格子状のそれではなく、細長い紡錘形の棒が繋がり合ってできていて、その棒は先へ行くほど細くなっていた。全体的にはガスタンクを思わせたが、ずっと壮大だった。さらに驚いたことには、これほど巨大な装置にもかかわらず、車輪や歯車や回転軸やトランスミッションのたぐいも、操縦席や梯子《はしご》や椅子《いす》といった人の操作に関係するものも、何一つ見当たらなかった。いったい何だろう？　密閉されたドーム、そしてとりわけ、折りたたんだ傘の骨か閉じたコンパスを思わせる、二本の棒が繋がった突起物がずらっと並んでいる姿からは、恐るべき力を秘めているように感じられた。まるで高性能の最新機器のように、表面、継ぎ手、継ぎ目、それらのどこを取っても、ボルトの跡さえ見えず、滑らかできれいで、完璧この上ないことも、そうした印象を強めた。

機械は、じっと動かず、煙も音も出さず、周囲に人影はなかった。誰がこんなにわずかな時間で組み立てたのだろう？　それにどうやって？　近くに、仮小屋も資材置き場も、移動や作業の痕跡《こんせき》も見当たらなかった。まるで、その巨大な装置は空から降ってきたかのようだった。

「こいつはたまげた！」従兄が声を上げた。「いったい、こりゃなんだ？　なあ……行こうぜ！」

「行く？……僕は何なのか見てみたい！」

「誰もいないし、電流が流れてなければいいけど……」トレヴィジャーニは言った。

「あのアンテナのことかい？　でも、コードのようなものは見えないよ」

「だけど、誰もいないのはやっぱり妙だよ」前に進むのに反対な従兄は言い張った。

謎めいた棒がいくつも斜めに突き出た黒々とした機械は、その威容を誇りながら静かにたたずんでいた。荒れ地の周囲はひっそりとして人気《ひとけ》がなく、聞こえるのは虫たちの眠けをさそう羽音くらいだった。私は、自転車を手で押しながら、下り坂をおそるおそる進みはじめた。トレヴィジャーニは、決心がつかず、動かなかった。

私が立てる足音はやけに大きく響いた。暑かった。近づくにつれて、機械はますます巨大で異様に見えた。陽射しが、ドームや丸継ぎ手やアンテナのつややかな塗装面を輝かせていた。謎と静寂をたたえながら、何ひとつ動かなかった。

私は、不思議な建築物の基部に目をやり、足場や昇降口らしきものがまったく見当たらないことに興味をもった。ドームの基部から伸びる太い棒の上端とつながった外側の棒は、直接砂利の上に突き立って、独特な鉤爪《かぎづめ》で支えられていた。私はもう三百メートルと離れていないところで立ち止まっていた。風が吹き抜けた。機械からかすかにひゅーっという音がしたような気がした。好奇心に駆られて私は前へ進んだ。

さらに、四、五歩歩いた。そのとき、背後から突然トレヴィジャーニの声がした。その激しく動揺した口調に、私は血が凍りつく思いがした。

「ジョヴァンニ」彼は叫んだ。「あれを！　あれを！」自転車が地面に倒れるガチャンという音とともに、彼の足音が斜面の向こうに慌ただしく消えていった。

私は目を向けた。底知れぬ恐怖に、その場に釘付けになった。機械の外側の棒の一本が、まるで生命を帯びたように動いていた。ゆっくりと砂利から持ち上ると、その先端の鉤爪とともに宙に浮き、それからふたたび同じようにゆっくりと降りて、数メートル離れた砂利の上に着地した。それに呼応して、外側の棒と上端部で繋がり、それを支え、動かしている内側のアームが、コンパスを動かしたときのように、傾いた。自分が置かれている恐ろしい状況を認識するには、その動きだけで十分だった。機械などではない、巨大な蜘蛛《くも》だった！

私の姿は、陽射しの下で、丸見えだった。自転車のハンドルとベルが光っていた。まわりには、身を隠せる地面の裂け目や窪みはなかった。そもそも、この、船のように巨大な怪物から身を守れるなどと考えること自体馬鹿げていた。私は、小石を動かさないように注意しながら、そろそろと小道の縁の草むらの陰まで後ずさった。足がなかなか言うことを聞かなかった。慎重に地面に自転車を置くと、その場にしゃがみこんだ。もしかしたら思わずそうしていたかもしれないが、逃げようとすれば、さらにまずい状況になるとわかっていた。おそらくもう遠くまで逃げている従兄のことを思った。急を知らせに行ったのだろうか？　だが、それが何の役に立つだろう？　誰があれと戦えるというのか？　大砲でも太刀打ちできないだろう。

と、そのとき怪物がふたたび動き出した（私は恐怖のどん底に突き落とされた）。こんどはすべての脚が一斉にゆらゆら動いていた（普通の蜘蛛のように八本脚なのか、それとももっとたくさんあるのか？　恐ろしさのあまり、私はもう何も考えられなくなっていた）。ゆっくり脚を伸ばしながら、地面から数メートルばかり、巨大なドーム——それはほかでもない腹だった——を持ち上げた。蜘蛛は目覚めていた。私は、鼓動が激しくなって、息が苦しかった。関節の動きに合わせて、アンテナのような脚が一斉に開いたり縮んだりしながらうごめいていた。

だが、怪物は前進しなかった。九十度ほど回転し、採石場の乾いた地面にふたたび身を横たえた。そして、折り曲げた脚をふたたびぎゅっと縮め、もとの格好にもどると、巨大な籠《かご》を思わせた。

私は、悪魔のような生き物がふたたび眠り込むことを心の底から必死に願った。けれども、どれだけ待てばいいのだろう。暗くなるまで？　それまで待ったとしても、闇に沈んだ荒れ野の中を逃げていく勇気があるだろうか？　だが、ハシバミの茂みの陰に隠れていた私は、そのとき枝をすかして見ながら、ある恐ろしいことに気がついた。さきほどとは別の角度から見えている黒いドームの基部から、小さな穴がいくつも開いた円筒形のものが突き出ていた。そして、その先端には二つの球体がついていた。やはり黒くて非常に滑らかで車のタイヤくらい大きかった。目だった。その目で私をじっと見つめているのだった。

それとも、恐怖心からそう感じているだけなのだろうか？　蜘蛛は決まった方向など見ていないのではないか？　ひょっとしたら、巨大な目は見掛け倒しでろくに見えず、耳も聞こえないのかもしれない。だとすれば、危険を冒さずに自転車で立ち去ることができるかもしれない。だが、それは極端な仮説だった。当てにするのは無茶もいいところだ。そうこうするうちに、採石場は完全に静まり返った。聞こえてくるのは、私の心臓が激しく脈打つ音とのどかな虫の羽音だけだった。

この休戦状態はほとんど慰めにはならなかった。仮に、私個人はこの場を逃げおおせたとしても、それで危険が去るわけではない。いったん蜘蛛が動き出せば、誰が、どうやって立ち向かえるというのか。きっと建物の中も安全ではないだろうし、どんな武器でも歯が立たないだろう。あいつのまわりにガソリンをたっぷり撒《ま》き、火をつけて、動けなくさせるという手は？　だが、どうやって近づく？　あいつにとっては戦車を押しつぶすのも、脚の一撃で十分だろう。まもなくトレヴィジャーニの知らせを受けて、住民はパニックに陥るだろう。きっと最初は、頭がおかしいと思われて、話を信じてもらえないだろうが、そのうち数人の農夫か憲兵が事の真偽を確かめに行くだろう。採石場の縁からちらりと見るだけで十分だ。彼らは息せき切ってもどるや、知事に知らせる。そしてラジオが世間に伝える。その知らせとともに、あれのおぞましい姿は、戦争や収容所送りや空爆にも勝る恐怖をもたらすことだろう。人々は残存する防空壕に籠《こも》るか、遠くに逃げるだろう。金や仕事、政治、愛などはもうどうでもよくなって、ひたすら身を守ることだけを考えるだろう。だが、どうやって？

突然、私がいる場所から横に数メートルのところで、ガサッと枝が動く音がして、心臓が飛び上がった。見ると、十二歳か十三歳くらいの少年が、口に何かをくわえて、怪物のほうに、草むらの中を這って前進していた。蒼白く細い顔の痩せぎすの少年だった。少年は、蜘蛛にむかって休まず前進を続けていた。いったい、何をしようというのだ？

自分と同じ状況にある者がいるという考えに、私は卑怯《ひきょう》な喜びをおぼえた。私はひとりではないのだ。蜘蛛はおそらく、私ではなく彼に襲い掛かるだろう。えじきとなってはらわたをすすられるのは、私ではなくて彼だろう。そしてたぶん怪物は、しばらくはそれで満足しているだろう。

だが同時に、私は少年——たぶん農夫だろう——に対して、友情のようなものを感じた。この危険に満ちた数分間は、人生を共に過ごした長い年月にも等しく、私たちの魂を近づけたのだ。私たちは、おそらく共にむごたらしい死を迎えることになる仲間なのだ。だが、少年は私に気づいていなかった。

「シーッ……シーッ」彼に自分の存在を知らせるために、私は声を上げた。彼は、さきほどの私と同じように驚いて、だしぬけに止まって地面に伏せた。

私は、彼の意図を知るために、右手で合図した。少年は、口にくわえていた道具を手に取って見せた。それは、太いゴムを張ったY字形の木の枝、つまり、ぱちんこだった。それから、陽気な笑顔を私に向けた。無理に作った笑いだったが、悪魔にじっと見つめられている状況を考えれば、とてもあり得ないようなことだった。それから、パンパンにふくらんでいる上着のポケットにもう片方の手をつっこんで、何かを取り出して私に見せた。缶のような円筒形で白と青の縞《しま》模様に塗られた、陸軍の備品の手榴弾《しゅりゅうだん》だった。そして、親指で怪物のほうを指した。

気はたしかだろうか？　あんな小さな爆弾で何ができると思っているのか？　破滅を速めるだけだ。私は、彼を思いとどまらせるために、腕を振って「だめだ」と伝えた。彼はふたたび笑顔を見せ、爆弾をポケットの中にもどすと、草むらの中を這っていった。「だめだ！いかん！　待て！」私は小声で命じた。だが、聞こえていないようだった。

私は束の間、一か八か危険を冒して逃げるべきではないか、と自問した。いまや少年は私よりも蜘蛛に近くて、より危険な状況にある。彼が襲われる可能性は刻一刻高くなってゆき、その分、私は時間を稼げる。だが、怪物は私よりも先に少年を襲うと言い切れるだろうか？獣は、しばしば狡猾《こうかつ》で貪欲《どんよく》なものだ。蜘蛛は、挑みかかってくる者よりも逃げていく私を先に捕まえようとするかもしれない。

どうしようもない。私は勇気が萎《な》えて、動かなかった。すばしっこい少年は、すでに百メートルほど進んでいた。深い草に隠れて姿は見えなかったが、灌木の揺れで進み続けているのがわかった。蜘蛛は、あいかわらず私たちのほうを横目でうかがっているかのようで、微動だにしなかった。

突然、少年が立ち上がった。命を捨てる覚悟を決めたのだ。もう怪物の影に触れるくらいに近づいていた。距離にして、四十メートルくらいだったろう。

ぱちんこに弾を装塡《そうてん》しているようだったが、遠くからではよく見えなかった。やがて木の枝を左手で高く持ち上げ、右手でゴムを引っ張った。黒いものが飛び出し、時間をかけてゆっくりと放物線を描いた。手榴弾だった。爆弾は、怪物の手前の脚のあいだに落ち、爆発せずに石ころのあいだにころがっていた。しばらくして、地面の上でポンッとはじける音が聞こえた。蜘蛛は動かなかった。

少年は、身じろぎせずに見つめていた。それから、ポケットから別の爆弾を取り出し、ぱちんこに装塡し、発射した。こんどは、地面から三メートルのところを、弾はもっとまっすぐに飛んだ。

弾が飛んでいった先は見えなかった。だが突然、V字型の巨大な脚の一本が、まるで根元から切断されたように、がくんと傾いたかと思うと、小石の上に崩れ落ちた。外れた脚が細く黒い筋となって地面に伸びていた。信じられなかった。炎も煙も見えなかったし、爆発音も聞こえなかった。ただガラスが砕けるような大きな音がしただけだった。

同時に、悪魔の骸骨のような脚が揺れた。つややかな棒の群れがぶるぶる震えているのがかろうじて見えた。そして腹が、まるではずみをつけるように、三、四回立て続けに飛び上がった。少年は動こうとしなかった。驚くべきことに、三つ目の爆弾を放った。弾を撃ったとき、蜘蛛はもう少年の頭上まで迫っていた。

その瞬間、私は叫んだ。だが、喉《のど》から出たのは弱いあえぎ声だった。蜘蛛の胸部に当たる細長い黒い影の真ん中で、小さな黄色い光が燃え上がった。爆発で、谷全体が激しく震えた。そして、夢でも見ているような奇妙なことが起きた。球状の二つの目のついた蜘蛛の頭全体が、シャンパンの栓のように、勢いよく飛んでいったのだ。鉄道の車両ほどもある大きな黒いかたまりは、地面に激突すると、もろいガラスでできているかのように、ガシャガシャという音とともに砕け散った。

胴体の残りは、不気味な振動とともに、ぽっかり開いた傷口からあふれ出た緑色の粘々した体液の塊の中に崩れ落ち、脚は縮こまってバラバラになった。死後硬直を迎えながら、怪物は、化け物は、ごちゃごちゃと棘《とげ》の突き出た黒い塊になりはてていた。

いったいなぜそうしたのか自分でもよくわからなかったが、私は草むらから飛び出し、ころびそうになりながら、おぞましい残骸にむかって走った。そしてハアハア息を切らせながら、少年のかたわらに立った。

「ものすごくでかかったよね？」少年は私に笑いかけながら言った。「ぼくがやっつけたのを見てたでしょう？」

中央の巨大な腹と無秩序に重なりあい絡みあった脚からなる、重々しい死骸の塊は、それでもまだとてつもなく大きかった。どろどろした粘液と筋状のものにまみれて、吐き気のするような悪臭を放っていた。

「さあ、片づけよう！」と少年は言うと、ポケットから瓶を取り出して投げた。瓶はおぞましい残骸のそばで砕けた。ガソリンだった。それから、また別の爆弾が飛んでいった。炎が燃え上がるあいだ、死骸は跳ね上がりながら、雲母《うんも》のように粉々になった。火がつくと、脚はビャクシンがはぜるようなパチパチいう音を発して、バラバラになり、粉々に飛び散った。

「やれやれ」私は、大きな疲れを感じながらつぶやいた。

あたりを見まわした。夕暮れ時だった。どれだけの時間が経ったのだろう？　大きなたき火が消えると、黒くてふわふわした軽い灰の山が残った。それを、風が少しずつ散らしていった。

私は、すでに採石場の縁まで登った少年のあとを追いかけた。怪物は滅びたが、重苦しい気分が続いていた。地平線から大きな黄色い月が昇ろうとしていた。そして私は、まだ終わっていないことをさとった。

ヴァチカンの烏

Un corvo in Vaticano

聖年が近づき、アントニオ・フーバーという名の在俗神学士が罪にふけっていた。「アントニオ、アントニオ」彼は自分に言い聞かせていた。「こんどのような免罪の機会はいつでも訪れるわけじゃないぞ。さあ、利用しろ。あとで、ローマの連中がよろしく取り計らってくれるんだから」こうして彼は、日頃の悪習をもはや抑えようともしなかった。なによりもまず、女遊び。だが、それは最悪の罪ではなかった。悪意、妬《ねた》み、愚かな虚栄心、過剰な自己愛、他人の不幸を喜ぶ気持ち……。それでも、ローマに行けば、罪は清めてもらえるだろう。

だが、まもなく彼は満足した。意識の底では、（まだ残っていた！）良心の声がささやき続けていた。もう十分だろう。さあ、ローマに行くのだ、手遅れになる前に。それに初夏だし、天国がさほど遠くにあるように思えないときには、うってつけの季節じゃないか。

こうして、アントニオは車で巡礼に出かけた。

正午ちょっと過ぎに、ローマに到着した。疲れを感じ、ひと眠りしたかった。まわりの土地も眠っていた。見渡すかぎり、人っ子ひとりいなかった。陽炎《かげろう》が立ちのぼるアスファルトの道路は空っぽだった。典型的な田園風景、人気《ひとけ》のない野原、陽射しが降り注ぐのどかな昼時、あちらこちらに散らばる廃墟、セミの鳴き声、あの大いなる神秘がそこにあった。

アントニオは車を止め、タバコに火をつけた。眠気が襲ってきて、指が開き、タバコが落ちた。

頭上の黒い渦巻のようなもののせいで、アントニオははっと目を覚ました。目を上げた。十羽くらいの、烏《からす》がいた。彼に襲いかかっていた。烏の群れは、くちばしで彼をくわえると、座席からすっと持ち上げ、あざわらうかのように鳴きながら、空高く連れ去った。

アントニオは、夢であることを願った。だが、まもなく、気がつくと崩れかかった古代の城壁のてっぺんにいた。周囲に、二、三百羽の烏がとまっていた。いったいこれは何の冗談だ？　抗議しようとしたが、自分の声を聞いて、背筋を戦慄《せんりつ》が走った。もはや彼の声でも、人間の言葉でもなかった。口から出てくるのは、「カー、カー」という動物の鳴き声だった。口から？　いや、くちばしからと言うべきだ。それから、自分の手を見た。だが、手はもうなかった。手がある場所には二つの翼が生えていた。足を見た。烏の脚だった。そう、烏だった。

そのときアントニオ・フーバーは、修道院で発見された古い羊皮紙に記されていた話を思い出した。夕べに農夫たちが語る物語が脳裏に蘇った。つまり、烏たちは悪魔、魂を狩るためにローマの周辺で待ち伏せしている地獄の使者だということをさとったのだった。

押し寄せる巡礼者たちの中には、罪に堕ちては立ち直る平凡な罪びとがいる。善良で敬虔《けいけん》な人間や、時宜《じぎ》にかなえば頭上にきらきら後光を輝かせる聖人もいる。だが時には、腹黒い人間、偽善者、汚く恥ずべき罪にまみれた邪《よこしま》な人間もいる。そうした輩《やから》は、リューマチに苦しむ関節炎患者がかならずや健康を取りもどせると信じて泥浴療法を受けに行くように、赦《ゆる》しを当てにしている。だから、永遠の都の近くでは、悪魔の一隊が見張っている。彼らは通り過ぎる者の心を読むことができ、不信心者を見つけると、襲いかかるのである。

「へっ、へっ」リーダーとおぼしき、群れの中で一番体の大きな鳥があざけるように鳴いた。「ほら、ごりっぱな巡礼者様だ！」その言葉にみな笑った。「ローマはあそこだ。丸屋根が見えるだろう？　わかるかね？」別の鳥があざわらった。それからこう言った。「さあ、行け。黒い服がお似合いだ。黒は悔い改めに行こうとする者にふさわしい。特にシャツ姿でうろついていたおまえには！」

その冒瀆《ぼうとく》的な冗談に、フーバー神学士はすすり泣いた。いや、正確に言えば、閉じたくちばしから、絶望した鳥が上げるような嘆きの声を発していた。「なんてことだ。汚らわしい鳥に変えられてしまった。愚かな思い上がりのせいで罰が当たったんだ。おれはもうおしまいだ！」そして、陽を浴びて光っているすばらしい車を遠くから眺めながら、深い悲しみを感じていた。だが、いまさら後悔したところでなんになろう？　いまや、彼は烏だった。地獄の軍団のお仲間だった。つらい思いをぶつけるように、アントニオは翼をはばたかせはじめた。「そうだ、飛べ、飛べ！」烏たちははやし立てた。「飛べ、飛べ、わが美しき智天使《ちてんし》よ！　急げ、ミサに遅れてるぞ！」

アントニオは飛び立った。最初は無様でぎごちない飛び方だったが、だんだんとスムーズになった。悪魔たちは、下のほうから彼にむかって、口にするのも憚《はばか》られるような言葉を叫びながら、下品に騒ぎ立てていた。けれども、アントニオが飛び去るのを邪魔しはしなかった。彼はいまや烏だった。もはや何者も彼を救うことはできなかった。

空を飛ぶという、初めて味わう喜びが慰めになった。アントニオは、ゆっくりと羽ばたきながら、上へ、上へと舞い上がった。真下の悪魔の徒党は、もはや黒い小さな点でしかなかった。自由だった！　だが、いったいどんな自由なのか？　そう、気ままに大空を飛んでいくことができた。自分の町にもどることもできた。だが、それで？　烏の姿で父から受け継いだ家の庭に降りて、窓越しに、まだ何も知らずに子どもたちと楽しげにテーブルについている妻を見ることほどつらいことはあるだろうか？　そして彼は、永遠に外にいなければならないのだ。

そんなことを考えているときだった。ある教会の鐘楼《しょうろう》にふと視線が落ちたのは。教会を見てアントニオの頭にある考えがひらめいた。神学士ともあろう者が、どうしてすぐに気づかなかったのか？　聖水だ！　祝福された水だ！　ごく簡単なことではないか。その中に飛び込むだけで、さっとひと浴びするだけで、ほんのひとしぶきに触れるだけでいいのだ。そしてローマなら、聖水はいくらでもある。あれだけ教会が建っているのだから。聖水の都ローマだ。たくさんの洗礼盤、水盤、杯、あらゆる種類の器に分けられた聖水の湖、大海原がそこにある。

アントニオはほっとした。いまや、おだやかな気持ちで町の上空を飛んでいた。なぜだか、庭にいた小鳥たちは、彼が近づいてくるのを見ると逃げ出した。なすべきことは至極単純だ。教会の中に入って、聖水盤に飛び込むのだ。そうすれば、たちまち人間にもどれるだろう。

ところが、妙だった。教会に入るのは、予想以上に面倒だとわかったのだ。すでにかなり暑いというのに、高いところにある、屋根に面した大きな窓は、どれもしっかりと閉まっていた。それではと、人間のように扉から入ろうとすると、たちまち歩みを妨げられた。人々が騒ぎ立て、布を振りまわし、十字を切り、大急ぎで聖人たちの名を呼んで助けを求めた。悪魔だ！　悪魔だ！　まるで鳥を見たことがないかのように叫んでいた。

要するに、ローマでは、例の鳥の話は周知の事実のようなのだ。もちろん、巡礼者たちが怖がらないように、印刷物には一言も書かれてはいない。だが、ローマの人々は知っていた。

そして、しっかりと目を光らせていたのだ。もし烏が空に現れると、厄除けのしぐさをし、叫び、爆竹を鳴らし、缶を叩いた。興味を抱いたアメリカ人の記者がたずねると、人々は答えた。「何でもありません。昔からの風習です」記者はそう書き留めた。

アントニオは、教会から教会へと、ローマじゅうを飛びまわり、しだいに町の中心部に向かっていった。そして夕方になると、郊外に退却し、寂しい廃墟の上で、あるいは雨が降っていれば、皇帝たちが造らせた建造物のアーチの下で夜をすごした。こうして一日、また一日と過ぎていった。

秋が来た。アントニオはとうとう、最後に残された希望、聖ピエトロ寺院の巨大な丸屋根までやってきた。彼が飛んでくると、ツバメたちが金切り声を上げた。「性悪烏！　醜い烏め！」そして聖ピエトロ寺院は金城鉄壁《きんじょうてっぺき》だった。高いところにある窓はすべて閉まっていた。扉の前にはいつも誰か、神父か、寺男か、庭師か、物乞いか、ぱちんこを持った子どもが見張りに立っていた。

では、ヴァチカン宮殿は？　巨大なカトリックの参謀本部たるヴァチカン宮殿には、十万もの部屋がある。たくさんの広間、回廊、図書室、記録保管所、事務所、衛兵詰所。さらに、枢機卿《すうききょう》やその他の高位聖職者、修道院長や若い司祭たちが使う寝室もある。おそらくどの部屋にもベッドがあって、ベッドのそばには、夜、就寝の前に十字を切るための小さな聖水盤が置かれているのではないだろうか？

夜になって、アントニオは宮殿に行った。昼間だと目につくし、ごたごたは望まなかったからだ。運の悪いことに、すでに寒くなっていたので、窓はみな閉まっていた。これがたとえば八月だったなら、年寄りの喘息持ちの高位聖職者であっても、風を入れるために鎧戸《よろいど》や窓を開け放っていて、彼も西風とともに、翼の音をしのばせて暗い部屋の中に入り込み、聖水を探すことができただろう。

トン、トン。アントニオは、窓のひとつをくちばしで叩いた。トン、トン。誰も姿を現さなかったので、六、七回くり返した。ようやく、足を引きずる音が聞こえた。そして不安げな声がした。「誰だ？　いったい、こんな時間に誰だね？」

「苦しんでいる魂です」と、アントニオは、自分では恭しい口調のつもりでそう答えた。だが、彼は鳥の言葉をしゃべっていたので、相手は理解できなかった。聞こえたのは、カーという不明瞭な鳴き声だけだった。「悪魔だ！」相手はうめくように言った。「ああ、悪魔が私のところへ来るなんて！『立ち去れ！……我々はおまえを追い払う。すべての穢《けが》れた霊よ、すべての悪魔の力よ、すべての……』」開けてくれるはずがなかった。

別の窓で試した。トン、トン。くちばしで叩き続けた。半時間が過ぎた。咳の音と足を引きずるような小さな足音がし、それから蚊《か》の鳴くような声が聞こえた。「誰かな？　こんな時間に誰じゃ？」アントニオは答えた。「苦しんでいる罪びとの魂です」だが、相手は得体のしれない鳴き声しか聞き取れなかった。「聖母様、お助けください！」相手はつぶやいた。「悪魔だ！　悪魔が私のところへ！　ああ、ああ……『狡猾《こうかつ》きわまりない蛇よ、人間を欺き、教会を迫害し、神に選ばれし民を苦しめるのをやめよ』」「聖水を一滴くださいませ。ほんの一滴でよいのです！」アントニオはたいそう丁寧な口調で言った。「……ゆえに、呪われし竜とすべての悪魔の軍団よ、我々は神に代わって命ずる……」相手は悪魔祓《ばら》いの文句を唱えるばかりだった。

毎晩、こんな調子だった。みな彼を恐れていた。救いを求める声は理解されずに終わった。悪魔とおぼしきものの出現が聖職者たちを困惑させたのは明らかだった。まるでみな、心の奥底で悪魔の訪問を予期していたかのようだった。まるで、たいがい頭に司教冠を戴いている彼らもまた、あなた方や私と同じように、心に疚《やま》しいところがあって、支払うべき負債を抱えているかのようだった。

そうこうするうちに、日は短くなっていき、木々の葉は落ち、夜は冷え込んだ。冬が来たのだ。明け方、フーバーは死ぬほど疲れていつものように廃墟にもどってきた。心は悲しみにとらわれていた。寒さで、これまで食料にしていたトカゲも姿を消していた。最後の希望が消えゆこうとしていた。不幸な鳥は、いまや十万の部屋をほとんどすべて試していた。そして、誰も開けてくれなかった。

まだ試していないのは、端っこの一列の窓だけだった。だが、もはや何が期待できるだろう？　その夜はしとしと雨が降っていた。アントニオは、最上階まで昇っていった。適当に窓を選んだ。トン、トン。期待もせずに、くちばしでノックした。いままでは、年老いて情熱を失った職人のような無関心さで、ぞんざいにノックしていた。トン、トン。ところが、部屋の中にいる者は、いつになく迅速に反応し、しっかりとした歩みで近づいた。「誰かね？」中から問いかけた。「こんな遅い時間に誰だね？」機械的にアントニオは答えた。「苦しんでいる罪びとの魂です」

同時に、部屋の中で別の声が聞こえた（しわがれた、媚びるような声だった。アントニオは、その声の調子から、四日前に訪れた高位聖職者だとわかった。そのとき彼はひどくおびえていた）。で、もうひとりの声は言った。「何でもございません、聖下、ブラインドがきしんだのです。風に舞った枯れ葉でしょう。お風邪を召されるといけませんから」

法王の部屋だった。だが、ここでもアントニオはついていなかった。会話の内容から察するに、ノックの音を聞いて、法王は自ら近寄って窓を開けようとしていた。だが、そうならなかった。お付きの者がすばやく口をはさみ、毎晩なにかしら口実をもうけて、かならず邪魔をしたからだ。スキャンダルを恐れる気持ちが、彼らに窓を開けさせまいとしていたのだろうか？　悪魔がこれほど大胆不敵な行為に及んだことは、聖なる敷居を越えようとしたことは、知られているかぎり、かつて一度もなかった！　万一なかに入られたら、大変だ。彼らはそう思ったのだ。さらに、ある不敬な疑いが、もしかしたら法王も悪魔に目をつけられているのではないかという疑念が、彼らの不安を大きくしたのだろうか？

それでも、アントニオはあきらめなかった。何かが、これこそが、ついに見つけた正しい道だと告げていた。夜毎、彼はますます遅い時刻に、法王が執務を終えていそうな頃に、やってきた。夜中の十二時、一時、一時半。だが、だめだった。

そしてついに、法王がひとりでいるところを見つけることに成功した。夜中の二時だった。すばらしい光と影の効果を生み出しながら、大きな月が雲間に隠れては、また顔をのぞかせていた。

トン、トン。烏はノックした。すぐに、部屋の中で足音が聞こえた。「そこにいるのは、誰かね？」最高の牧者はたずねた。「こんな遅い時間に、誰だね？」アントニオは答えた。「罪びとです。苦しんでいる魂です」

沈黙があり、それから窓辺で金属をガチャガチャさせる音がした。隙間から光が洩《も》れ、蒼白い頰《ほお》のこけた顔がのぞいた。月明かりに眼鏡が光っていた。「待ったかね？」烏を見て、法王はまるで昔なじみであるかのように声をかけた。「だが、すべての物事には時機というものがある。誰も窓を開けようとしなかったのなら、それはまだ贖罪が終わっていなかったということではないかね？……さあさあ、中に入って温まりなさい。おまえは本当に……」

だが、その言葉を最後まで聞くことはできなかった。アントニオ・フーバーは、凍《い》てつくような寒さを感じて、車の座席で目を覚ました。目を開けた。周囲には、何もない野原と人《ひと》気《け》のない道路。空には、飛び去っていく二、三羽の鳥の姿があった。すべて夢だったのか？だがそうだとしたら、この寒さはどう説明したらよいのか？　バックミラーをのぞいた。伸び放題の髭《ひげ》が顔の半分を覆っていた。そして車は、一面汚い埃《ほこり》で覆われていた。それから、タイヤが四つともパンクしているのに気づいた。いったい、何か月眠っていたのか？　そのとき、鐘の音が聞こえてきた。奇妙なことに、クリスマスを感じさせた。白く冷たいものが鼻の上に落ちてきた。雪だった。

新しい奇妙な友人たち

Nuovi strani amici

保険会社の部長ステーファノ・マルテッラが亡くなったとき――彼は、約五十年間地上に滞在し、罪を犯し、働き、勝負に勝ったのだが――気がつくと、すばらしい町にいた。豪奢《ごうしゃ》な建物、広くて整然とした道路、公園、きらびやかな商店、豪華な自動車、映画館に劇場、優雅で血色のいい人々、明るい陽射し、見るものすべてがとびきり美しかった。彼は、のんびりと並木道を歩いていた。そのかたわらでは、たいそう親切な男性が町を案内していた。『おれにはわかっていた』マルテッラは心の中でつぶやいた。『ここに来るにきまっていた。おれは一生働き、家族を養い、子どもたちにはかなりの財産を残した。つまり義務を果たした。だから、こうして天国にいるのだ』

彼に付き添っている紳士は、フランチェスコと名乗った。十年前からここにいるのだという。「満足されていますか?」マルテッラは、訊《き》くまでもないことかもしれませんが、とでも言うように、訳知り顔の笑みを浮かべながらたずねた。相手は、マルテッラをじっと見て、答えた。「どうして、満足していないなどと言えるでしょう?」そして、二人は笑い出した。

フランチェスコは町の職員なのだろうか、それとも、単なる親切で案内をしているのだろうか？　彼はマルテッラを通りから通りへと導き、次から次へすばらしいものを見せていった。何もかもが完璧で、整っていて、清潔だった。悪臭も騒音もなかった。そうやって二人はしばらく歩いた。マルテッラはでっぷり太っていたが、疲れを感じることはなかった。

とある町角に、一台の、それはすばらしい車が止まっていた。中には、制服を着た運転手が待っていた。「あなたの車です」フランチェスコが言った。そしてマルテッラに乗るようにうながした。その車で、二人はさらに遠くまで見てまわった。マルテッラは、通りをゆく男女に目をやった。あらゆる年齢の人々がいて、社会的地位もさまざまだった。だが、みな上等な服を着て、見た目も元気そうだった。誰もが好意的な表情をしていた。けれども、その顔には、一種の静かさ、ひそかな倦怠《けんたい》のようなものが感じられた。『無理もない』マルテッラは心の中でつぶやいた。『いくら幸福でも、一日中笑っていることはできないからな』

ひときわ美しい建物のひとつにやってきた。「あなたの家です」フランチェスコは言い、マルテッラに入るようにうながした。これにくらべれば、マルテッラが地上に所有していた一軒家はあばら家も同然だった。まるでおとぎ話の中にいるようだった。何もかもがそろっていた。大広間、書斎、図書室、ビリヤード室……いちいち挙げるのが無意味なほど、諸々の設備が調っていた。もちろんテニスコートや、馬場や、プールのある庭や、魚が泳いでいる池もあった。そして、そこかしこに召使が立っていて、指示を待っていた。

エレベーターで最上階にのぼった。そこにはなにより、壁の一面が巨大なガラス張りになったすてきな音楽ホールがあった。窓の外にはすばらしい眺めが広がっていた。マルテッラは、息を呑《の》んで立ち尽くした。いくら目を凝らしても、町の境を見定めることができなかった。テラス、丸屋根、摩天楼、塔、小尖塔《せんとう》、風にひるがえる旗。そして、また丸屋根、テラス、小尖塔、塔、旗。それらがどこまでも、どこまでも続き、果てがないように思えた。やがて、あることに気がついた。鐘楼《しょうろう》が見当らないのだ。そこで、彼はたずねてみた。「ところで、教会は？　教会はないのですか？」「やれやれ」フランチェスコは言った。彼の無邪気さに呆れているかのようだった。「ここには必要ないでしょう」

「それでは、神は？」マルテッラはたずねた（心の中では、神などまったくどうでもよかった。だが、少なくとも礼儀として、ここの家主であり、この王国の支配者であるお方のことをたずねるのは当然のことのように思えたのだ）。「それで、神は？　子どもの頃に学んだ教理によると、天国に行けば神の姿を拝めると聞いたように思いますが、ここからは見えないのですか？」フランチェスコは、明らかに嘲《あざけ》りが少しこもった調子で笑った。「ああ、マルテッラさん、どうか気を悪くしないでほしいのですが、あなたは少々求めすぎてはいませんか？」（それにしても、どうして彼はこんな感じの悪い笑い方をするのだろう？）「人にはそれぞれ、ふさわしい、つまり自分の性質にかなった天国があります。信じていないのに、あなたはどうして神のことなど気に掛けるのです？」その言葉に、マルテッラはそれ以上なにも言わなかった。いったい、自分にとって神が何だというのだ？

時間がかかりすぎるので、家の中を隈《くま》なく見るのはやめて、主要なところだけを見てまわった。総じて、満ち足りた生活を約束していた。それから、フランチェスコは集会場に行くことを提案した。そこに行けば、親しい友人たちができるだろうと。家を出るあいだ、保険会社の元部長は、ある好奇心を満たそうとした。ずるそうな口調で、ほとんど冗談めかして、彼のガイドにささやいた。「で、女は？　ここにはかわいい女はいるのかね？」（道で女を見かけなかったわけではなかった。それどころか、どれも美しい女ばかりだった。だが彼が知りたかったのは、自分の歳で体裁を気にせずに楽しめることができるかどうか、ということだった）「おやおや」フランチェスコは笑いながら、だが、あいかわらず暗に嘲りのこもった口調で答えた。「この天国にないものがあるとでもお思いですか？」

君主が住むのにふさわしいような建物の中の集会場では、りっぱな社会的地位についていた七、八人の紳士がマルテッラを、古い友人同士のように温かく迎えた。そのうちの二人を、彼はかつて知っていたような気がした。それどころか、もしや何度か汚いペテンにかけた同業者、商売敵ではないかという漠然とした疑いを抱いた。だが、はっきりと思い出すことはできなかった。二人のほうも、彼を知っているそぶりは見せなかった。

「ようこそここへ！」彼らのなかで一番年上で、白髪の、威厳に満ちた感じの紳士が、マルテッラの顔をじっと見つめながら言った。「ご満足ですか？　満足されましたか？」「そりゃ、もちろん、満足にきまっていますよ」マルテッラは、さっそく差し出された食前酒をすすりながら答えた。

「どうして、きまっているなどと言うんです？」別の紳士が口をはさんだ。痩《や》せた、三十くらいの、ちょっとヴォルテールに似た顔立ちの男性で、口元をいくぶん皮肉っぽく辛辣《しんらつ》な感じに曲げていた。「満足することが義務だと思っているのですか？」

「どうか、いつもの話はしないでくれたまえ」その言葉が気に障ったかのように、年配の紳士がすぐに口をはさんだ。「私は、満足するのは当然だと思っていますよ。なにしろ、現世で我々を苦しませていたものはみな……」そう言いながら、右手で奇妙な仕草をした。マルテッラにとって見るのは初めてだったが、明らかに、この世界では誰もが知っている、第一の存在を示すための伝統的な仕草のようだった。「現世で我々を苦しめていたものはみな、いまや消えてしまったのですから」

「本当にすべてですか？　うんざりさせる連中も？」マルテッラはユーモアのセンスがあるところを見せようとして言った。

「そうだと思いますね」老紳士は答えた。

「では病気は？　風邪も引かないのですか？」

「病気？　この天国に？」そしてなぜか、蔑《さげす》むように、最後の言葉を強調した。

「安心なさい」痩せた男が新しい仲間の目をじっと見据えながら言った。「病気を期待しても無駄ですから。病気になったりしませんよ」

「どうして期待などするでしょう？　もうたっぷり味わったのに」マルテッラは言った。そして、自然に冗談が口をついて出たことに気をよくした。

「いやいや、わかりませんよ」相手はしつこくからんできた。冗談のつもりなのかどうかわからなかった。「たとえ望んでも、熱が出て何日か寝込んだり、歯が痛くなったりすることはありません……捻挫《ねんざ》でさえ、ただの捻挫さえも許されないんです！」

「いったい、どうしてそんなことを言うんだね！　なくて幸いじゃないか！」老紳士は声を荒らげた。それから、客人のほうを向いて言った。「相手にしないでください。彼は冗談好きなのです」

「ああ、そうですか」マルテッラは気にしていないふりをして言った。というのも、じっさいは困惑していたのだ。「要するに、ここには苦痛は存在しないんですね？」

「苦痛など存在しません」白髪の紳士は請け合った。「だから、病院も、精神病院も、サナトリウムもありません」

「そうとも！」痩せた男が相槌《あいづち》を打った。「さあ、彼にもっとよく説明してあげたらどうです！」

「つまり」老紳士は続けた。「ここには苦痛はありません。それに、恐怖を感じる者もいません。何を恐れる必要があるでしょう？　だって、もう心臓の鼓動を感じることもないのですから」

「悪夢を見て、うなされた時も？」

「悪夢など見たいのですか？　夢を見る人はいないと思いますね。思い出すかぎり、私はここに来て以来、一度も夢を見たことがありません」

「でも、欲望は？　欲望は感じるでしょう？」

「何についての欲望ですか？　すべてを手にしているというのに。欠けているものがあるとでも？」

「いわゆる……いわゆる愛の苦しみは？」

「もちろん、それもありません。欲望も、愛も、悔恨も、憎しみも、戦争も。あるのは絶対的な安らぎだけです」

だがこのとき、それまで座っていた痩せた若者が立ち上がった。顔には、険しい表情が浮かんでいた。「考えるな」激しい口調でマルテッラに言った。「心を空っぽにしろ。ここでは、僕たちはみな幸せだ、わかるかね？　なんの苦労もない。けっして疲れない。けっして渇きを感じない。女を見ても、けっして胸が苦しくならない。ベッドで何度も寝返りをくり返しながら、救いをもたらす夜明けの光を待つこともない。郷愁も感じない。良心の呵責《かしゃく》も、恐れるものは何もない。地獄堕ちの恐怖さえない！　僕たちは幸せだ。そう思わないかね？」（ここで一瞬、不快な考えにとらわれたかのように、しゃべるのをやめた）「それから……それから、何より重要なことがある。最初は考えもしない。だが、一番の問題はここにある。私たちの世界には死が存在しない。わかるかね？　僕たちはもう死ぬこともできないんだ。なんとすばらしいことじゃないか？　ぜっ、たい、に（彼はその言葉を区切りながら言った）、絶対に死ねない……時間の流れもふつうじゃない。今日は昨日と同じ、明日は今日と同じ。悪いことは起こりようがない」（ここで彼は声のテンポを落とし、重苦しい口調になった）「死！　それを僕たちはどれだけ憎んでいたか憶えているか？　どれだけ僕たちの人生を苦くしていたか！　それから、墓場を憶えているか？　糸杉、夜の闇に浮かぶ燈明、幽霊、墓から鎖を引きずって出てくる幽霊を？……死後の世界について考えをめぐらせ、議論したことを、あの謎のことを憶えているか？　ああ、もう誰も考えたりしない……ここではまったくちがう。僕たちはついに自由だ。扉の向こうで僕たちを待っている者はいない。なんて幸せだろうね？　なんと愉快なことか！」

　老紳士は、若者が思いのたけをぶちまけるのを不安をつのらせながら聞いていたが、ついに、厳しい調子で口をはさんだ。「よさないか。やめるんだ。呆れたものだ、そんなに取り乱すなんて」

「取り乱す？　それがどうした？　彼だって知るべきだろう？」痩せた男はなおも嘲りのこもった声を張り上げた。そしてマルテッラのほうを向いて言った。「あんたも朽ち果てるためにここに来た。まだわからないのかね？　いいかね、毎日大勢、あんたのような者がやってくる。そして、自分の車や、城や、劇場や、女や気晴らしを見つける……だが、病気も、愛も、不安も、恐怖も、良心の呵責も、欲望も、何もない！」

　もう十分すぎた。慌てることなく、だが断固たる態度で、老紳士を含む三人が若者の腕をつかんで、力づくで出口に引っ張っていった。まるで、それに共同の生活がかかっている大切な契約に違反したとでもいうように。その一方で、処置の素早さは、これが初めてのことではないことを示していた。その種の騒ぎは、これまでも幾度となく起きてきたにちがいない。

　若者は扉から押し出され、庭へむかう階段を降りていった。それでも、マルテッラにむかって、叫び続けていた。「見ろ、美しい建物を、庭を、宝石を。できるものなら、楽しんでみろ。僕たちはすべてを失ったことがわからないのか？　まだわからないのか？……」ここで声は、猿轡《さるぐつわ》をかまされたかのように、押し殺された。

若者の言葉は、マルテッラにはよく聞き取れない不明瞭なつぶやきに変わった。だが、もうどうでもよかった。ある小さな声が、若者がしまいまで言うことができなかったことを、正確にはっきりと告げていたからだ。その声は言っていた。「まだわからないのか？　僕たちは地獄にいるということが？」

地獄？　これらの建物が、この花々が、大勢の優雅な人々が？　これが地獄？　馬鹿な！　それでもステーファノ・マルテッラは、心臓がひっくり返るような思いで、うろたえながらあたりを見まわした。嘘だと言ってくれと懇願するように、まわりを見た。だが、彼のまわりには、栄養が行き届いて、肌のつややかな、六、七人の非の打ちどころのない顔が、規定どおりの幸福感に唇をわずかに開いて、彼を見つめている謎めいた顔があった。ひとりの召使が近づいてきて、マルテッラに新しい飲み物のグラスを差し出した。いやいや一口飲んだ。人類から見放されたような、恐ろしい孤独を感じていた。それから、ゆっくりと元気を取りもどした。彼もまた、友人たちの顔を見つめ返し、絶望的な共謀に加わった。そしてみんなで、哀れにも懸命に微笑《ほほえ》もうとした。

あるペットの恐るべき復讐

Spaventosa vendetta di un animale domestico

この何年間で耳にしたいくつもの恐ろしい話のなかでも、ある娘が語った話ほど恐ろしいものはない。

「ミラノに来れば、伯母を訪ねないわけにはいかなかった。伯母はもう高齢で、何年も会っていなかったの。ミラノに来ていて、会いに行かなかったなんて知れたら、大変！　きっとひどく気を悪くするわ。でも、その日の午後には用事があったので、今晩、夕食を済ませてからお伺いします、と電話した。訪問を知らせると、それはもう、大げさなほど喜んでいるようすが電話口から伝わってきたわ。

伯母は、セッテンブリーニ通りあたりの、静かでりっぱなマンションに住んでいた。手入れの行き届いた古い家だけど、中は、家具や絵、絨毯《じゅうたん》、ついたて、花瓶、カーテン、椅子《いす》、手芸道具やがらくたを詰め込んだ籠《かご》などが所狭しと置かれていて、部屋に入ったとたん、うっとうしさと埃《ほこり》っぽさとで、息が詰まるような気がした。おまけに、凝った作りのシェードを被せたランプが陰気くさい光を放っていて、敷居を越えるとすぐに、できるだけ早くお暇《いとま》して、外に出たいと思った。

伯母は私をダイニングキッチンに迎えた。ひとりじゃなかった。テーブルの反対側の、伯母の正面の席には、もうひとり、年配の婦人が座っていた。くつろいだようすから、ふだんから家に出入りしている人にちがいなかった。ほかにも少なくとも三人いたのを憶えてるわ。薄暗くてよく見えなかったけど、もっと後ろのほうに座っていたの。ひとりは三十前後の若い女性で、もうひとりは、もっと年上の影の薄い感じの小柄な女性。それから、五十代のメガネをかけた、ひどく堅苦しい感じの男性。どうやら、その人たちも同じマンションの住人で、毎晩伯母の家にやってくるらしかった。

私と伯母は、家族や親戚の消息だとか、戦争のこととか、予想されたありきたりな話題について話しはじめた。でも驚いたのは、そのとき伯母と伯母の友人たちが私に向けている熱っぽい視線だった。まるで、たんなる挨拶程度の訪問じゃなくて、私が何かもっと大事な用事でやってきて、みんなそれをすごく待ち望んでいたみたいだったの。

同時にびっくりしたのは、部屋の中に、ありとあらゆる家具や置物が信じられないくらいにごちゃごちゃと置かれていたこと。途中で通り抜けた部屋もひどかったけど、それに輪をかけたありさまだった。あんながらくたの山の中をどうやって歩けるのかしら、って思ったくらいよ。吐き気がしてきそうだったわ。

とりわけ、中央に置かれたテーブルには、ほとんど縁までいろんな物であふれてた。貧相な観葉植物が植わった低い鉢や、写真のアルバム、インク瓶、毛糸の玉、小さな器、本、それに、いろいろな大きさの瓶や小さなグラスでいっぱいの大きなお盆。見たところ、瓶の中身はシロップかどろどろしたロゾリオ〔アルコール度の低い甘いリキュール〕にちがいなかった。もしかしてあれを勧められるかもしれないと考えただけで、思わずぞっとしたわ。テーブルの真ん中には天井から、百合の花を伏せた形のアール・ヌーヴォー様式のシェードのあるランプが、植物の鉢に触れるくらいに低く吊り下がっていて、明かりが灯っていた。シェードの付け根には、コーヒー・ミルのハンドルみたいな奇妙な取っ手のようなものが突き出ていた。ぴかぴかの真鍮《しんちゅう》でできていて、たぶん高さの調整に使うんだろうって思った。

そのうち、その弱々しい光の中で、伯母が座っている椅子の左側の肘掛《ひじかけ》の上で、一匹の動物がちょこちょこ動いているのに気づいたの。なぜだか、すぐに蝙蝠《こうもり》だろうと思ったわ。でも、蝙蝠にはあまり似ていなかったので、なぜそう思ったのかうまく説明できないけど。伯母は、その動物を子猫みたいに客間で飼って、かわいがっているようだった。ネズミというか、子犬みたいな小さくて柔らかな鼻をしていて、体は痩《や》せて細くて、ドブネズミみたいな長い尻尾がついていた。でも、特に奇妙だったのは四本の足よ。長さが二十センチくらいで、足の先にはアヒルみたいな水かきがついていたの。ただ、色は黒かったけど」

「それで、翼はあった？」

「いいえ、なかったわ。でも、全体が黒っぽくて、足にそういうつるつるした膜があったから、そのときまでに見たことのあるどんな蝙蝠よりも蝙蝠らしく思えたの。

その動物は、妙に優雅な動きで、それまで乗っていた椅子の肘掛から、横向きに、風変わりな仕方でぴょんぴょん跳びはねながら、テーブルの端まで行くと、また肘掛にもどった。毎回四つの足で跳びはねながら、行ったり来たりしながら、顔はずっとこっちに向けて、私を見ていたわ。

『蝙蝠？』私は伯母を喜ばせるつもりで、余計なことを言った。

『ええ。本当にすばらしい動物よ！』伯母は、ちょっと悲しげに微笑《ほほえ》みながら答えた。

蝙蝠は――やっぱり、蝙蝠と呼びましょう――横跳びを続けながら、だんだん私のほうに近づいて、まるで気を引こうとするみたいに物憂げなようすで体をくねらせてみせた。ぴょんと大きく跳躍してこっちに近づいてきたときには、思わず虫唾《むしず》が走って、私は体を引いたわ。

『まあっ！　何もしやしないのに』伯母は、落胆したように叫んだ。

私の反応を見て、蝙蝠のほうも、ぴょんとかわいらしげに跳んで後ずさりした。ひどく気を悪くしているようだったわ。そして、テーブルの真ん中にごちゃごちゃ置かれた大小の瓶や壺《つぼ》の陰に引っ込んでしまった。でも、驚くほど繊細な身ごなしで、瓶を揺らしもしなかったの。

　伯母もその知人たちもみな、希望と喜びと期待の入り混じったような曖昧《あいまい》な笑いを浮かべながら——まるで客の前で子どもが有名な詩を朗読しようとするときの母親みたいに——蝙蝠と私にかわるがわる目を遣っていた。もしかして私があの動物を膝《ひざ》に乗せてなでるのを期待しているのかしら、って思った。全員、滑稽《こっけい》なくらい熱のこもった視線を向けていたから。だけど、私はあえて目を合わせなかった。みんな、この嫌らしい動物に、崇拝の念か怖れのようなものを抱いているのかしら？　それとも、私がこの生き物をひどく扱いやしないかと心配しているの？　私も卑屈なご機嫌取りに加わることを期待しているのかしら？　そう思った。そのうち、私は確信したわ。理由まで測りかねたけど、部屋に入った時に感じた、私に向けられた熱い視線は、蝙蝠とそれがすることに何か関係あるにちがいないって。

『ごらんなさい。すごくかわいいでしょう』伯母はもう我慢できなくなって、つぶやいた。

　動物は、瓶のあいだで、水かきのついた足を使って懸命に何かをしようとしていた。信じられないと言うかもしれないけれど、瓶のひとつのガラスの蓋《ふた》を持ち上げようとしているとしか思えなかった。ルイ十五世様式の瓶で、イチゴ色の濃い液体が半分ほどはいっていた。

『マリーア、プルネッラ・バッロール〔プラムから作ったリキュール〕を一杯いかが？』伯母はそわそわしたようすで私に声をかけ、（なんとも愛情のこもった仕草で）瓶の蓋と格闘しているいやらしい動物に顔を向けた。

プルネッラ・バッロール？　笑いが出そうだったわ。あの気持ちの悪い液体が有名なお酒だなんて！

でも、伯母は自分で瓶を取って注ごうとはせずに、蝙蝠がすることを見守っていた。そして私は、曖昧な感謝の言葉を口にしかけたとき、液体を注ぐのはほかでもないあの動物だと理解したの。

『飲むわよね、マリーア？』伯母は、気が急くようにふたたび言った。

『もちろん飲むとも。ねえ、お嬢さん？』メガネをかけた男性が口をはさんだ。

五人全員が、私が答えるのを待っていた。五人の目はいまではひたすら私に注がれていた。まるで懇願しているようだったわ。お願いだから、言うとおりにしておくれ、蝙蝠にりっぱな手柄を立てさせてちょうだい、あの子にやさしくして、どうか機嫌を損ねないでちょうだい、そう言っているように思えた。

『いいえ、結構です。伯母さん、私、夜は何も口にしないの』私はきっぱりと答えた。

すると、『まあ、お嬢さん、どうしてご遠慮なさるの？』って暗がりから不満げな声が上がった（あの三十前後の若い女性にちがいなかったわ）。

『そうよ、マリーア、一杯だけ。ほんの一口くらいいいじゃないの』伯母が畳みかけるように言った（伯母は、まるでそれに命がかかっているかのように懇願していた。その声は感情の高ぶりから震えていたわ）。

いったい、この馬鹿げた茶番に何の意味があるのだろう、って私は思った。どうして、この人たちを喜ばせるために、あの気味の悪い動物の機嫌を取らなくちゃいけないのって。私は、冷ややかに答えた。『いいえ、結構です、伯母さん。何も飲みませんから、無理強いしないで』そして自分でもどうしてそうしたのかわからないけれど、立ち上がろうとしたの。

私の言葉に、説明のつかない驚きの色が伯母やほかの人たちの顔に浮んだわ。『ああ、なんてことをしてくれたの！』伯母はうめいた。その目は恐怖に見開かれていた。すると蝙蝠は、もう一度私のほうに顔を向け、とつぜん瓶から離れると、例の軽やかな跳躍で、ランプから突き出た取っ手のところまで跳んでいったわ。それから、怒りのこもった激しい動作で、侮辱された仕返しだと言わんばかりに、取っ手を押した。

腰を浮かした私が完全に立ち上がる前に、ランプが半回転し、とつぜん明かりが消えたの。それと同時に、恐ろしい爆発音が、ぞっとするような爆弾の炸裂音が町じゅうにとどろきわたって建物を揺さぶり、あたり一帯、ものすごい数の飛行機が立てる轟音《ごうおん》に包まれた」

大蛇

La grande biscia

ヴァッレ・デイ・カラトローニの大きな谷間には――丘も小山も岩壁もなく、平らで殺風景な土地を谷《ヴァッレ》と呼ぶのがふさわしいのかわからぬが――インバルカータ街道と呼ばれる道に沿って、ルナッツォ、フォルチダ、ドンデ、コルセッリーナの村々が連なっている。トラックが一台、その道を通り抜けるだけで、あたり一面に埃《ほこり》が濛々《もうもう》と舞い上がり、小さな花々や鮮やかな緑の葉や（昨日までは王の甲冑《かっちゅう》騎兵のようにきらびやかだった）黄金虫の上にうっすらと降り注ぎ、惨めに汚してしまう。古い城壁の一部を取り込んで造られた牛飼いの家が建ち並び、七月になれば、うっとうしい虻《あぶ》の羽音とともに、湿っぽい霧が立ち込め、じめじめとした葦原《あしはら》の中であえぐこれらの村々を訪れる者はいない。旅人も、スプーンを売る行商人も、みすぼらしいなりの露店商が引く荷車も。文字どおり、誰ひとりとしてやってこない（新聞は、大勢の金持ちの避暑客が、パーティーや宴会、イルミネーションやボートレースや船上コンサートなどを楽しんでいるどこかの田舎や谷あいの村々のことを伝えているというのに）。ねっとりとした陽射しがしたたり、家も道も人間も猫も草むらも、何もかもがどこか堆肥の匂いを帯びている、この惨めったらしい場所に何を期待できるだろう？

さてこの谷に、来る日も来る日も舞い上がるうら悲しい埃と虻と倦怠《けんたい》感とともに、（金持ち連中が豪華な車でルナッツォのカフェ・ベッラヴィスタに乗りつけて、カプチーノやアルケルメス〔薬草や香辛料で味付けし赤く着色したリキュール〕やサイダーを注文するようなことはけっしてない）夏がやってくると、怒りに駆られた復讐のように、毎年、蛇の話題が人々の口にのぼる。作り話のようにも思われるかもしれない。なにしろ、その話は毎年きまってくり返されるのだから。だがそれは、毎回自然に起きるのだった。ひょっとすると、無意識がなせる復讐ということはあり得たかもしれない。「おれたちだってこの世界に存在しているんだ。それを忘れるな！」あたかもそう言うように。

そして、汗と黄色い埃にまみれたトーニ・スッピアが畑からもどってきて、蛇を見たと告げる。「長さはどれくらいだった？」「ここからあそこくれえだ。この部屋の長さくれえだよ」「サチェリンが昨年見たのと同じくらいか？」「いいや、おいらが見たのはずっと大きかった。大蛇ボアにちげえねえ。竜だよ」「皮膚は滑らかだったか？」「ウナギみたいにつるつるだった」「で、何をしていた？」「頭をもたげてた……子どもの頭みてえにでかかった。嘘じゃねえ。おいらの話が嘘なら、血反吐を吐いて死んだってかまわねえ！」

その蛇の話は、昔から飽きるほどくり返されてきたものだった。だが、神から見捨てられたようなこの土地を世間に思い出させるために、わざわざそんな話をでっちあげるだろうか？　それに考えてほしい。トーニ・スッピアは頭の単純な男で、ありていに言えば薄ら馬鹿だった。その目で本当に見たのでなければ、想像だけでそんな話をするのはとうてい無理だろう。すると？

するとカフェ・ベッラヴィスタの隅に座っていた、元教師で村会議員の老人ジュリオ・ヴェネロッコリが、紙とペンとインクを持ってこさせる。そして、『インフォルマトーレ』紙に送るみごとな報告を書き上げる（文面はこの七年間ほとんど変わらない）。出だしはこうだ。「勤勉なるカラトローニの住民たちは、この数日間、不安とおののきのなかで生活している。というのは……」ヴェネロッコリは、『インフォルマトーレ』紙の通信員というわけではない。新聞社はこんな辺鄙《へんぴ》な場所に通信員を置いたりはしない。つまりこれは、彼が個人的な情熱からやっていることで、ヴェネロッコリは自分の判断で自発的に報告を書き送っているのだった。一九四七年の洪水の時には五百リラの、枢機卿《すうききょう》の教区訪問の折には百五十リラの報酬を受け取ったことがあった。けれども、なによりも精神的な満足を得るためにやっていたのだ。自分が書いた文章がそのまま紙面に載ることがないのも重々承知の上だった。報告書の文面の中で彼が気に入っているのは、「それは尋常ではない大きさの爬虫《はちゅう》類《るい》である。その正体をめぐっては、仮説と懐疑と皮肉が激しく錯綜している。ある者が言うには……」という箇所である。

さてヴェネロッコリは、テーブルから頭を上げ、眼鏡をはずす。書き終えたのだ。二時間ばかりの仕事だった。それから村の名士たちの前で読み上げる。ヴェネロッコリにとってはうれしい瞬間だ。グラスの水を一杯飲むと、おもむろに立ち上がる。その声は感動に震えている。「勤勉なるカラトローニの住民たちは……」最後に一同は拍手する。そして、いつものように薬剤師のレノーチが感慨深げに頭を振りながら言う。「ああ、ヴェネロッコリ、きみのように、きみほどに筆の立つ者がいるだろうか！」

そして報告書を封筒に入れ、速達の切手を貼り、発送する。この時からスッピアは、インタビュアーがやってくるのを待ちかまえてカフェで見張りに立つ。はたして、二日も経たぬうちに、『インフォルマトーレ』紙から正規の通信員として雇われているエツィオ・サントマージが、インバルカータ街道を通って、ヴォルティーゴからわざわざ二十キロもの距離を自転車で、暑さと埃でひどいありさまになりながらやってくる。

サントマージは四十五歳くらいで、本職は文房具屋。でっぷりと太った男で、大家族を抱えている。毎夏、暑さが一番厳しい頃になると、そろそろ蛇のお呼び出しが来る頃だぞ、と思いはじめる。はたして、お呼び出しがある。彼にとって、それは難儀なことだった。「蛇め……蛇め……」陽射しが照りつけるなか、ゆっくりペダルをこぎながらつぶやく。「蛇なんぞくたばっちまえ！」そう、たしかにあとで、りっぱなタイトルと、その下にもっと小さな文字で書かれた「弊紙通信員の詳細な報告」の文言、それに記事の最後に記される自分のイニシャルを目にする喜びはあるだろう。だが、この暑さとうっとうしい虻には、まったく！

さて、サントマージは、カフェ・ベッラヴィスタのテーブルで、椅子《いす》の上に太った体を押し込んで座ると、スッピアがしゃべるあいだ、猛然とメモを取る。「それで、おまえはどうしたんだね？」「それで、それでって、かんたんに言うけどねえ……」農夫は間の抜けた薄笑いを浮かべながら言う。「そいつは、おっそろしく醜かったんだ！」「で、おまえはどうしたんだ？」「おいらが？ いったい何をしろってんですかい？」「じっと見てたのか？ それとも尻尾を切ったのか？ 殺そうとしたのか？」「おいらが？ あれを殺す？」スッピアはふたたび薄笑いを浮かべる。「殺す？ どんな蛇だと思ってんです？ 轅《ながえ》を含めた馬車みてえになげえんですよ」「それはもう聞いた。要するに、逃げたのかね？」「おいらじゃなくて、ほかの者だったらどうするか見てみてえもんだ。そりゃ、風のように逃げましたとも……そりゃあもう、馬車みてえになげえんですから。轅を含めた馬車みてえに」「シューシュー音を立てていたか？」農夫は考え込んでから言った。「もちろん、シューシュー言ってましたさ」「で、どんな色だった？」「どんな色？ どんなって言われても、そりゃあ蛇の、蛇の色でさあ……ああ、そうそう、ふくらはぎみてえに太かった……そのなげえことといったら……そう、馬車みてえでした、轅も含めた……」

なにしろスッビアは愚鈍で無教養な人間だったので、さっぱり埒《らち》が明かない。インタビューのあいだ、店にいた人々は静かに二人を取り巻いている。ヴェネロッコリだけが時々、農夫の言葉を通訳するように口をはさむ。

そして、サントマージはふたたび自転車にまたがって、蒸気でけぶる葦原を抜けて埃だらけの道を帰っていく。仕事の一番面倒な部分は終わった。もう悪態はつかない。頭の中ではすでに記事の書き出しを考えている。そして、まわりの茂みにちらちらと用心深く視線を走らせる。だが、動くものはない。草も生温かい沼も水蒸気のもやも、静止している。ただ、執拗《しつよう》なセミの鳴き声と、絶え間ない虻の羽音だけが聞こえている。

だが、どうしてスッビアはまだカフェに居続けるのか？　なぜみんな彼が店で暇をつぶすのを許しているのか？　それは、いまに人々がやってくるからである。観光客や、双眼鏡を持った科学者、映画製作者、自動車、無線を備えた小型トラックが。宿屋は満室。カフェにとってはまたとない稼ぎ時。自然愛好家《ナチュラリスト》や、ハンターや、外国の新聞記者、大臣、映画のスター女優たちが来るだろう。ルナッツォの名は世界中に知られるだろう。そしてスッビアは、朝から晩まで蛇の話を語り、葦原を案内して人々に蛇の目撃地点を指し示すことだろう。むなしい期待だ！　日々は過ぎてゆく。蛇の記事が載った新聞が画鋲《がびょう》で壁に貼り付けられるが、それ以上は何も起こらない。谷のけだるく眠たい酷暑の日々が、埃と汗とともに、日一日と過ぎてゆく。だが、誰ひとり現れない。新聞記者も、車に乗った金持ちも、アメリカからの猛獣狩りの遠征隊も。やってくるのは、匂いのきついトスカーナ葉巻をくわえたいつもの家畜商人たちだけだ。彼らがふうふう言いながらカフェに入ってくると、店の主人が、なにやらいわくありげに近づいてくる。「お客様方、あの隅に座っている男が見えますか？」「ああ、あの男がどうした？」「大蛇を見たんです」「大蛇だと？」「おやまあ、ご存じないのですか？」「ご存じなものか！」商人たちはぶっきらぼうに答える。「おれたちは商売でここに来てるんだ。蛇なんか知ったことか！」

幻想は潰《つい》える。夏はもう盛りを過ぎた。黄色くよどんだ沼地でも。蛇の存在を確信していた連中も、もはや信じてはいない。スッビアでさえ、記憶を反芻《はんすう》するうちに疑念を抱きはじめる。本当に見たんだろうか？ ひょっとして酒を飲みすぎていたんだろうか？ それとも夢だったのか？ やがて、誰かが言い出すだろう。スッビアはたしかに黒いものを見た。だが、それは朽ちた倒木で、まさに彼が蛇を見たという場所に転がっている。みな、自分の目でそれを確かめることができる、と。すると、時はふたたび谷の素朴な住民たちをむさぼり食い、すさんだ気持ちにさせてゆく。そして夕暮れ時には、カエルたちの合唱に混じって、鐘楼《しょうろう》から憂鬱《ゆううつ》な鐘の音が響いてくる。

蛇よ、奇妙な存在、冒険、夢物語、祝福されし恐怖よ、さらば！　おまえに代わって、もうすぐ秋がやってくるだろう。それから、陰鬱な霧をつれて冬が来るだろう。人々は家畜小屋のような粗末な家の中に閉じこもるようになるだろう。夜には、何を語り合えばいいのだろう？

いやいや、田舎の人々よ、待ちたまえ！　大蛇は存在する。それも、ルナッツォから一マイルも離れていないところに。悪臭を放つ沼の底に。巨大で、黒く、長い蛇が。どれほど長いのかわからない。幾重にもとぐろを巻いた蛇の長さをどうやって測ることができよう？その周囲一帯にはもはや人影はない。沼の生き物たちはみな知っている。怪物は水の中に寝そべっている。腹を沼の底につけて、静かにいびきをかいている。昆虫やカエルやヒキガエルや水鳥たちはみな知っている。ノウサギやアシナシトカゲやネズミたちも。知らぬは人間ばかりだ。知っていれば、ニュースは世界中を駆けめぐるだろう。オーストラリアからだって人々が、ジェット機でやってくるだろう。ここに驚異が、遥《はる》かな昔から存在する奇跡が、惨めな人々の慰めとなる栄光があるのだ。

だが、人間たちは知らない。たがいに悪態をつき、だみ声で話し、冷たいポレンタで腹を満たし、秋には熱を出す。一マイルもないところなのに！　想像してみてほしい。蛇は、舌だけで熊手のように大きいのだ。時々、眠りの中で、怪物は小さな咳をする。すると、谷じゅうの葦原を揺らしながら、波紋が何キロもわたって広がってゆく。だが、人間はそれを知らない。人生とはそういうものだ。大蛇のように、運命はすぐそばにある。だが、冷めた目でまわりを眺めるばかりで、それが見えていないのだ。

偶像崇拝裁判

Processo per idolatria

肥料会社の副部長にして化学博士のエミーディオ・カンマラーノに対する裁判。午後、法廷は蒸し暑く、人々は不機嫌な顔をしている。

カンマラーノは、被告席の柵の向こうで、背中を少し丸めて座っている。しきりに灰色の口髭《くちひげ》をさすりながら、蒼ざめた顔できょろきょろしている。

裁判長は、大きな頭に赤ら顔の人物。口の形が常に微笑《ほほえ》んでいるように見える。そのせいで、どんなに狡猾《こうかつ》な被告も彼に尋問されると当惑してしまう。さて、裁判長が起訴状を読み上げる。

「最高検察庁の命令により……故アントニオの子で……生まれの、エミーディオは……迷信的行為を実践し、なにより神を信仰し、宗教的性格を持つ祈りを度々唱えた疑いにより起訴され、当法廷への出廷を命じられた。被告人による本件行為は、刑法三百七十二条及び三百七十三条に違反し、かつ三百八十一条、すなわち高等学校の卒業資格、卓越した職業的地位に基づく加重事由に該当し……犯行はいずれも、バッリエーラ・ヌオーヴァ地区の自宅で、八月二十七日、二十八日、二十九日、および……において実行された。被告人は有罪であると認めるか?」
カンマラーノ「いいえ……無罪です」
検察官「被告人にたずねます。化学専門学校で教育活動を行っていますか?」
カンマラーノ「四年前から有機化学の授業を任せられています」
検察官「公立学校における教員の身分は、三百八十二条に定める加重事由に該当することを指摘します。同条は、なによりも市民権の剝奪《はくだつ》を規定しています。それゆえ、この加重事由が告発箇条に記載されることを求めます……陪審員の皆様方はどうか、本件の、このとりわけ憎むべき側面を考慮してください! 迷信的行為は、若者の教育をゆだねられた者たちの側からの共同体への侵害です!」
弁護人「要求に反対します! 生徒たちは、カンマラーノ氏の側から、いかなる形においても、真意を偽るような形においてさえも、宗教的なプロパガンダが行われたことはなかったと証言しています。そのような話は一言も口にしていなければ、ほのめかしすらなかったのです……」
検察官「法の規定が適用されることを求めます」
裁判長「要求は受け入れられました……被告人は何か異議がありますか?」
カンマラーノ「ありません。無実の主張以外は」

証言が続く。公安官ランプレスティは、バッリエーラ・ヌオーヴァの貨物駅の夜間の警備任務に就いていたが、八月二十七日の晩、陸橋の上から偶然、四十二番地の建物の四階にある部屋で床にひざまずいている人物を目撃したことを語った。
裁判長「肉眼で見たのですか？」
ランプレスティ「いいえ。装備品の双眼鏡を使ってです」
裁判長「被告人は、手をどんなかっこうに保っていましたか？」
ランプレスティ「それはわかりません。私のほうに背を向けていたので」
ランプレスティは、気になって、三十分以上もじっと動かないその男を観察したこと、そして男は立ち上がって、書き物机の前に座ったことを、付け加えた。
それから続けて何日も、ランプレスティは、夜間に同じ光景をくり返し目撃した。彼に呼ばれた公安官タイも、ひざまずいている男を見た。八月三十日は天気が荒れていて、窓は閉まっていたので、何も見えなかった。だがその後も四回、カンマラーノは疑わしい姿勢でいるところを目撃された。警察に通報されたが、刑事は事実を確かめることができなかった。寒くなってきて、窓はずっと閉まったままだったからだ。
裁判長「被告人は、ランプレスティ氏が証言した事実を認めますか？」
カンマラーノ「認めます。でも、床にひざまずいているのが犯罪になるとは思えません。

私は、書棚の一番下の棚にある本を調べていたのです。度々身をかがめなくてもいいように、たんに楽だったからひざまずいていたのです」

裁判長「だとすれば、証人は、被告人が動くのを見たでしょう。ところが、毎回まったく身動きしなかった、と証言しています」

弁護人「警察の現場検証で、カンマラーノ氏が指摘する場所に書棚があることが確かめられたのかどうか、おたずねします」

裁判長「書棚は存在します……しかし、家では二冊の禁書が発見されました……聖書が一冊と、イエズス会士クレメンテ・アンタ師の『魂の園』です」

弁護人「研究上の正当な必要性があれば、そのような書物の所持を正当化されます……それどころか、高い教養レベルにある者にとっては、迷信の陥穽《かんせい》について、書物を通して知識を得ることは義務のように思われます……」

検察官「その主張が認められるためには、検閲に関する法令がそのような例外を予め規定していることが必要でしょう。しかしながら……裁判長、被告人は禁書の所持においても告発されることを求めます……」

裁判長「被告は、その二冊の禁書の所持について釈明できますか？」

カンマラーノ「本の存在は知りませんでした……警察は、古い木箱の底で私の亡き父の個人的な書類といっしょにそれを見つけたのです」
検察官「聖なる遺物のように、死んだ身内の物を保管していたことは、たとえ推測の域を出ないにしても、迷信的な信仰への明瞭な傾向を物語っているように思われます。健全なる物質的な世界観はその種の偶像崇拝とは相いれません……」
裁判長「この件については立証を待つことにして、告発は却下します」
検察側の証人尋問は続く。カンマラーノの使用人で助手を務めているロドリーゴ・ポッピと被告人の娘のロジータ・カンマラーノが証言に立つ。
ポッピは、カンマラーノがたびたび書斎に鍵をかけてこもっていたと証言する。そして、ある晩、鍵穴からのぞくと、彼が書棚の前で手を組んでひざまずいているのを見たと語る。
弁護人「カンマラーノ氏が、祈っていたのではなく、両手の手のひらの中に収まるような小さな本を読んでいた可能性はありますか？」
ポッピ「否定できません」
検察官「証人は、そのような事実があり得ると思えますか？」
ポッピ「あり得ると思います」
裁判長「被告人は、証人が述べた事実を認めますか？」
カンマラーノ「認めます。正確には思い出せないのですが、『技術者必携』というタイトルの技術手引書を閲覧していたと思います。手のひらに収まるような小さな本です」

検察官「家宅捜索時には、その本はその書棚ではなく、別の部屋で見つかり、はっきりとわかるほどの埃《ほこり》で覆われていたことを指摘します。かなり以前から閲覧されていなかった証拠です」

カンマラーノ「私の家は古いので、数時間もあれば埃がつもるのです……それに、手引書が別の部屋へ移動していたことも全然不自然ではありません。私は、それを日常的に閲覧していますから……」

ロジータ・カンマラーノの尋問に移る。

検察官「お嬢さん。誤解を避けるために、単に『はい』か『いいえ』で答えるようにお願いします。コメントは一切省くように。よろしいですか?」

「はい」

「それでは、お父さんが宗教的実践を行っているとの認識はありますか?」

「いいえ」

「お父さんがひざまずいているのを見たことがありますか?」

「いいえ」

弁護人「書棚の下のほうにある本を探しているときもですか?」

ロジータ「それなら、もちろんありますわ」
検察官「弁護士さん、私に尋問を続けさせていただけませんか？　いまは私の番だと思いますが……さて、お嬢さん、よく考えてください。これまでにお父さんが独り言を言っているのを聞いたことはありますか？」
ロジータ「いいえ……記憶にありません」
検察官「本当に？　よく思い出してください……ああ、お父さんのほうを見ても無駄です！」
カンマラーノ「そうだとも、ロジータ。さあ、真実を言いなさい」
ロジータ「そう……何度か書斎の扉の向こうで、パパがつぶやいているのを聞いたことがあります。何か読んでいるように……」
検察官「お父さんがお祈りを唱えていた可能性は否定できますか？」
ロジータ「まあ、どうしてそんなことが言えるでしょう？」
検察官「『はい』か『いいえ』で答えてください。否定できますか？」
ロジータ「……いいえ」
裁判長「被告人は、証人によって述べられた事実を認めますか？」
カンマラーノ「認めます。じっさい、私はよく声を出して読みます。非常に大きな声ではありませんが、誰かが扉越しに聞こえるくらいの声で」
検察官「お嬢さん、お父さんが何と言っていたかわかりましたか？」
ロジータ「いいえ」
弁護人「裁判長、検察側の主張は、曖昧《あいまい》で確固とした証拠に欠けることは明らかです。そこで、慣例で認められているように、裁判を続けるべきか否か、予備的判断を下すために陪審員の意見を聞くことを求めます」
検察官「弁護人の要求に同意します」
裁判長によって、有罪が証明されたと考えるかどうかたずねられると、九人のうちの七人の陪審員が「否」と答え、無罪が証明されたかと考えるかたずねられると、九人のうちの五人が「否」と答えた。
検察官「裁判長、もし、被告人が〈否認の証明〉を受けるのなら、起訴を取り下げる用意があることを宣言します。法によっても認められていることです」
弁護人「反対します。むしろ検察官が起訴を取り下げないことを求めます。否認の証明は、とうの昔に行われなくなった野蛮で屈辱的な手続きの一つです……一種の神明裁判です……拷問の名残です……何年も前にまったく教育を受けていない被告に強要されたことはありますが……カンマラーノ氏の場合は……」

裁判長「もう結構。検察官の要求は受け入れられました。否認の証明を進めてください」
カンマラーノ「私は従うことを拒否できるのですか?」
裁判長「拒否は自白と見なされます」
ロジータ「パパ、パパ!」
カンマラーノ「で、もし従えば、釈放されるのですか?」
裁判長「証明の結果が釈放を認めるようなものであれば、直ちに無罪放免になります」
検察官「重罪裁判所における〈伝道師〉裁判で優れた成果を上げた、三段階方式を採用することを提案します」
弁護人「反対します……それはあまりにひどい!」
検察官「罪人にとっては耐え難いテストかもしれませんが、良心に疚《やま》しいところがない者にとっては単なる形式的な手続きにすぎません!」
弁護人「どうしても実施するというのであれば、りっぱな労働者の尊厳を傷つけることのない一般方式の採用を裁判長に求めます」
検察官「一般方式では何の意味もないでしょう……否認の証明は、常に裁判長の決定と厳格な規則に基づいて実践されてきました……私は驚いています。弁護士さん……あなたは被告人の無罪を疑っておられるようですね!」

裁判長「三段階方式を適用します……被告人は法廷の真ん中に進み出てください！」
警備員が柵を開けた。カンマラーノはますます蒼ざめながら、二段ほど下に降りる。そしていま、陪審員席の前の、大きな窓から光が差し込んでいるスペースの真ん中に立っている。廷吏が、書類の入ったファイルと、長さが五十センチくらいの木製の浮彫りの十字架像をもってくる。この裁判に関係していない司法官たちも見学にやってくる。裁判官席に集まった彼らは、さながら巣の中にいるフクロウの雛《ひな》たちのようだ。
弁護人は、威嚇するかのように右手を上げて言う。「裁判長、延期を求めます！　否認の証明が有効であるためには、弁護側からも受け入れられ、すべての証人の証言が聞かれなければなりません。証明を実施する前に、私がここに呼んだほかの証人たちの証言を聞くことを求めます」
裁判長「弁護人の要求は却下されました」
弁護人「手続きに対して抗議します！　これではまるで、あらかじめ仕組まれていたかのようではありませんか。陰謀めいています！」
裁判長「弁護人の発言を禁じます。どうか感情を抑えるように！……それでは、ここにテクストがあります……被告人、いまから私が文言を読み上げます。あなたはゆっくりとそれをくり返してください……傍聴人にも聞こえるように大きな声で……おや、やけに静まり返っていますね？　もし、ショックを受けている方がおられれば、すぐに法廷から出られることを勧めます……」

けれども、傍聴人たちは押し黙り、みな立ち上がっている。蒼白い無表情な顔が壁のように並んでいる。

裁判長「では……読み上げますから、あなたはくり返してください。『私の良心にかけて、神が存在しないことを確認します……』」

カンマラーノ「……神が存在しないことを……」

裁判長「もっとはっきり！　大きな声で！……『神は無知と欺瞞《ぎまん》から生まれた、馬鹿げた恥ずべき偽りであり、抑圧と隷属の道具、自由で自覚的な人間性への侮辱であると宣言します』」

カンマラーノ「……自由で自覚的な人間性への侮辱であると……」

裁判長『神に対して侮蔑《ぶべつ》と嫌悪を感じることを誓います』」

カンマラーノ「……侮蔑と嫌悪を……」

裁判長「それでは、二番目の証明に入ります。『もし神が存在するなら、私の家族に神の呪いがかかってもかまいません』」

カンマラーノ「私の家族に……！」

裁判長『『……そして、神がこの上なく痛ましく汚らわしい災いを私の娘に降りかからせることを願います……』さあ言って！　怖いのですか？　神を信じているのですか？」

ロジータ「勇気を出して、パパ……くり返すのよ！」

カンマラーノ「……もっとも痛ましく汚らわしい……」

裁判長「では、三番目の証明に移ります……廷吏……被告人の足元に十字架像を投げなさい！……それから、暗くなってきたので、カーテンを開けてください」

十字架像は、乾いた音を立てて、床に落ちる。カンマラーノはおびえた顔でそれを見る。

裁判長「(読み上げながら) それでは、被告人は十字架像に唾《つば》を吐きかけなければなりません。そして、『犬め！』という言葉を叫びながら、かかとで像を顔に傷がつくくらい踏みつけるのです……では被告人、始めてください！」

けれども、カンマラーノは動かない。目はじっとキリストの像に注がれている。外は暗くなっている。雷雨になるにちがいない。

裁判長「被告人は、決断してください！……拒絶すれば自白したことになるのですよ……」

ロジータ「パパ、パパ、お願い！」

裁判長「被告人……三分待ちます」

だが、カンマラーノは顔を上げると、首を振って、裁判長の顔をじっと見据える。

「悪党め！」カンマラーノは不意に叫ぶ。「悪党め！　自白したほうがましだ！」

検察官「聞きましたか？　被告人は自白した！　我々は化けの皮をはがしたのです！」

裁判長「踏めなかった！　危険な偶像崇拝者だ！　汚らわしい罪人だ！　それでは、被告人は自白するのですね？　神に祈っていたのは事実だと」

カンマラーノ「祈っていたよ。祈っていたとも！」

検察官「では、くわしく言ってみろ。話すんだ！　何を祈っていた？」

カンマラーノは膝《ひざ》からくずおれ、キリストの足に接吻《せっぷん》し、両手を合わせる。彼の憤りの声が響く。

「ああ、地獄の裁判官どもめ、おれは祈っていた、こう言って。『神よ、あなたに懇願します。この隷属状態から我らを解放したまえ。自由を取りもどさせたまえ！』」

突然、風が起こる。ひゅーっという音とともに窓が開け放たれ、一陣の強い風が吹き込んで、紙をまき散らす。

検察官「こんな恥知らずな行為はもうたくさんだ！　裁判長、やめさせてください！」

だが、円錐形の恐ろしげな影が廷内に入ってきて、部屋の中に伸び、広がってゆく。

カンマラーノ「おれは祈った。『神よ、どうか我らを救いたまえ、あなたの敵を打ち倒したまえ！』と」

裁判長「審理を中断します！　警備員、被告を連れ出しなさい」

だがそのとき傍聴人のあいだから、恐怖に満ちた叫び声が上がる。「やめろ！　やめろ！」

彼らは両手を伸ばして救いを求める。それから、ひとりが膝から倒れ込む。二人目、さらにもう一人も。逃げようとする人々の前で、扉がバタンと閉まる。空に雷鳴がとどろく。

カンマラーノの声は続いている。「天と地の神よ、あなたを迫害する者たちの目から光を奪いたまえ、彼らを滅ぼしたまえ！」

驟雨《しゅうう》が座席に降り注ぐ。影は部屋の隅々まで達する。それは、砂でできたマントのように重い。裁判長の机の上でひっくり返ったインク瓶からインクが滴り落ち、木の床の上に不可解な暗号を記していく。

傍聴人たちは部屋の奥でうめいている。積み重なるように倒れ、哀れにすすり泣いている。警備員は逃げてしまった。

検察官「暴動だ！　助けてくれ！」だが、風が彼にまといつき、官服が顔に巻きつく。

裁判長は後ずさりした。肩が壁に当たった。両手を前に伸ばして、何かから身を守ろうとするかのように振り動かす。

「誰が窓を閉めた？」裁判長は叫ぶ。「誰が暗くした？　明かりをつけてくれ！」

勝利

Trionfo

卒中の発作を起こしたのか、それとも長いあいだ飢えに苦しんでいたのか、はたまた睡眠薬を飲んで自殺を図ったのか、メルラーナ通り七番のアパートの中二階に暮らす、元眼鏡職人のステーファノ・ジーリ（六十七歳）はどうして亡くなったのだろう？　アパートの管理人の女は、前日、彼に会ったことを憶えている。正午に帰宅したジーリは彼女にこう言った。「ピアさん、すまないが、人を遣って薬局でサニロン錠を買ってきてもらえませんか？」だが、彼女はそれを忘れてしまっていた。部屋を訪れたピア夫人は、ベッドの上で横たわっているジーリを発見した。服を着て、靴も履いたままで、蛇のように冷たく、死んでいた。

哀れな男の幽霊は、生身の人間たちがひしめく街の歩道をおぼつかない足取りでふらふら歩いていた。生者たちは、食べ、消化し、必要ならば愛を交わした。やつれて頬《ほお》がこけ、おとなしい鳥のような顔のステーファノ・ジーリも、飲み、消化し、愛を交わしたのだろうか？　ごくささやかな家財はあったものの、彼はアパートの住人のなかでもっともみすぼらしくて、うらぶれた、影の薄い存在、いるかいないかわからないような人物だった。

すぐにアパートの会計管理人に知らせないといけないだろう。会計管理人は、例によって冒瀆《ぼうとく》的な行為に着手するだろう。死亡告知に、現場検証に、役所の証明書の取得。地区の教会とも話をつけねばなるまい。ともかく葬儀を行う必要がある。面倒なことだ。ジーリは几帳面な性格だった。ズボンにはきちんと折り目がついていて、ネクタイピンをつけている。顔はきれいに剃《そ》って、口髭《くちひげ》もぴんと上を向いていた。ほら、干鱈《ひだら》のようにカチカチだが、この哀れな老人、すでに身支度は完璧だ。

最後の旅立ちを見送る者は誰もいない。親戚も、友人も、遺言執行人やそうしたたぐいの者は誰ひとり。犬一匹すら訪ねてはこないし、手紙をよこす者もいない。一通の手紙も、一枚の葉書も、ダイレクトメールも届いたためしがない。

誰ひとり訪ねてこない？　ところが、死亡が確認された一時間後、ひとりの男性が現れて、威厳に満ちた口ぶりで故人についてたずねる。「ええ、もちろんですわ」管理人の女は答えた。「どうぞ、こちらです……中二階の部屋なんです……エレベーターが無くて申しわけありません……でも、何か疑わしい点でもあるんでしょうか？……警部さん、どうかおっしゃってください。自殺を疑ってらっしゃるのですか？……まあ、なんてことでしょう。私はそんな気がしていたんです……ああいう餓死するかもしれないような人たちに部屋を貸すべきじゃない、って言ってたんですよ……これが鍵です。よろしければ、私が開けましょう」

ああ、人々よ、気力があるうちは、こんな墓のような場所を家と呼ぶなかれ。それに、これが空気と呼べるだろうか？　中庭から差し込むこの陰鬱《いんうつ》な照り返しを光と呼べるだろうか？　外からは、洗濯場に干した衣類から水の滴る音や、うなり声のような人声が聞こえてきて、自転車屋の小僧が朝も晩も、まるで劫罰《ごうばつ》のように、「ボンゴ・ボンゴ・ボンゴ」[*1]のメロディーを口笛で吹きまくっている。そして、殺風景な窓があるだけのこの高い壁。光も射さなければ、騒音だらけ。これが人の住む所だろうか？　窓を精一杯開け放っても、（どこで仕立てたのか）黒っぽい服に洗い立てのシャツを着て、鏡のようにぴかぴかのブーツをはき、すでに硬直した体をベッドの上に横たえた、かつてステーファノ・ジーリと呼ばれた亡骸は暗くてよく見えない。

人々よ、抗《あらが》う元気のあるうちは、このような住まいを家と呼ぶなかれ。いわゆるナイトテーブルの上には新聞、テーブルの上には薬の箱と歯の欠けた櫛《くし》、鍵が二つ、それにレンズが壊れた眼鏡が入った小さな箱が置かれ、壁には、スーラの「天文台を訪問するナポレオン2世陛下」の複製画が飾られている。おまけに、町の人々がこれはまだ静かなうちだとあきらめている、人声、喧騒《けんそう》、車の騒音は何と表現すべきか？　それでも、故人を前にして、きょうははじめて反旗を翻《ひるがえ》したかのように、厳粛な雰囲気と、砂漠や沼沢地の深い静けさにも勝る静寂を湛《たた》えていた！

「見つけたときのままです。指一本触れてはいません」管理人は、もうひとりが身じろぎひとつせず、黙り込んだままなのを見て、困惑しながら言った。「もうすぐ会計管理人が来られます……あのう、警部さん、本当に自殺だとお考えなのですか？」相手はそれには答えず、死体をしげしげと眺め、値踏みしている。なんという並外れた、救いのない、みごとなまでの惨めさよ。どこをとっても惨めそのものだ。

「警部さん、ここに座られたらいかがですか？　ご入用なら、調書を書くためのインクもペンもありますから」

男はようやく口を開く。「いや、結構。調書など書きませんから」彼は満足を隠せないようすで言う。「それに私は警部などではありません……私は、勝利のパレードのためにここに来たのです」

「勝利のパレード？……何のことです？……じゃあ、あなたは誰なんです？……何しに来たんです？　悪ふざけでもしに来られたのですか！」いまや自分のほうが立場が上だと言わんばかりにピア夫人は問い詰めた。

「勝利のパレードです」彼はもう一度はっきりと言った。「まあ、落ち着いてください、奥さん。ここにいる彼のためのパレードです。すでに準備は整っています……ごらんなさい」

二人は窓辺に寄って、外を見た。むさ苦しい中庭があったところには、もう中庭はなかった。かわりにそこには、広場と通りがあった。街路樹や花壇に縁どられ、白かあるいは色とりどりの建物が立ち並ぶ広々とした大通りがのびていた。「アンフォッシ・アンブロージョ運輸会社」という看板が掲げられていた向かいの壁があったあたりには、壮麗なアーチがかかり、その向こうにも、建物、街路樹、彫像が立ち並び、太陽の光が燦々《さんさん》と降り注ぎ、雲の浮かぶ空が広がっていた。大勢の男女や子どもたちが、窓辺や屋上やテラスから「おめでとう！」と叫んでいた。

「いったい……これは……」管理人は口ごもった。「わけがわかりませんか？」訪問者は言った。「いいですかな、奥さん。彼は、忍耐強く、素直で、天涯孤独でした。はた目にはわからなかったかもしれませんが、心の中では苦しんでいました。生まれ、育ち、なんのいいこともなく死んだのです。だからきょうは、それが報われる日なのです」

真下に、一台の車が待機していた。これにくらべれば、合衆国大統領が乗る車なぞまるで鍋に見える、ぴかぴかのオープンカーだ。最新式で、高い馬力を誇る車だった。だが、それを引っ張っているのは、馬たちだった。背丈が六メートルはある白毛の馬で、ふさふさのたてがみを持ち、大きな尻尾は地面まで届き、頭を高く上げていた。管理人のピア夫人はもちろん、この世の誰ひとりとして見たことがないような馬だった。

両側には、将軍や政府高官や県知事たちが乗るもっと小さな別の馬たちがいた。その後ろには、首に旗をなびかせたゾウやキリンたち。ブラスバンド。良種だが小さな馬に引かれた、名士たちが乗る車。それからまた、旗、群衆、車が続いた。最後に、地位の低い人たちが乗る車。動物が引くのではないが、すてきな車だった。そう、それはお祭りだった。その場に欠けているのは彼、ステーファノ・ジーリだけだった。ところが、管理人が振り向いてベッドに目を遣ると、老人の亡骸は消えていた。

「あの人は……どういう人だったのです？……全然知りませんでした……いったい誰が想像できたでしょう？」

すると、男がポケットから紙を取り出して、読み上げはじめた。

「行列は、亡くなった場所から、ペルー通り、ガリバルディ通り、ジガンテ通りなどを通って……戴冠広場に至る（豪華な車の中でジーリ氏は、座席の真ん中にひとりで、少しおびえたような顔をして座るだろう。手を両膝《りょうひざ》のあいだに置き、おとなしい烏《からす》を思わせる頬のくぼみはさらに深くなっていることだろう）。立ち寄る場所として予定されているのは、映画館『稲妻座』の前。そこで彼は、子どもの頃にインディアンが出てくる映画を観て、とつぜん人生についての啓示を受けた。

フォッシュ元帥通りの角。そこで彼は、四晩続けてアンナという名前の娘を待った。だが、彼女は来なかった。

エルコレ通りの真ん中。そこで、九月のある晩、彼はすばらしい煙草を吸う機会に恵まれた。

株式会社ヴィトゥムゴスト光学の本社。彼はそこに九年間務めた。ある日、同僚のエルマンニ・エジストが水準器の組み立てを間違えた。これが二度目だった。彼は保身のために、やったのはジーリだと主張した。エルマンニは彼よりも年上で、五人の子どもを抱えていた。窮地に陥り、不安のあまり真っ青になっている彼を見て、ジーリ氏は、自分ではないと釈明することができなかった。その結果、彼は解雇された（車もキリンもブラスバンドの演奏者たちもみな何もかも小さく縮んで、行列は工作室の中に進んでゆく。二頭の白い大きな馬は、あの卑怯《ひきょう》なエルマンニの机を踏みつけ、そこに糞《ふん》をするだろう）。

それから、一階のエントランスホール。五年後、ジーリ氏はメッセンジャーボーイとして再雇用された。そこから一歩一歩這《は》い上って、いつかもといた専門組立工の地位に返り咲けるだろうという空しい希望を抱いていたが、結局、それが彼の最後のキャリアになった（ホールには、モーニングコートに身を包み、白い手袋をはめた社長、専務、監査役らが全職員をしたがえて並んでいることだろう。そして、全員を代表して、あのエルマンニが彼への忠誠を厳かに宣誓するだろう）。

続いて、華やかな行列は町の中心部にやってくる。ブロードウェイ名物の紙吹雪のように、建物の十階、二十階、三十階から紙切れが、熱狂したタイピストたちが電話帳をちぎった紙が降り注ぐだろう。ファンファーレと太鼓の音に、町じゅうの傲岸不遜《ごうがんふそん》の輩《やから》、不信心者、冒瀆《ぼうとく》者、放蕩《ほうとう》者たちが、通りの両側に群がり、優しい気持ちで胸がいっぱいになりながら、彼を喝采して迎えるだろう。娘たちもいるだろう。自分など鼻であしらわれるだろうとジーリ氏が思っていたようなゴージャスな美女たちが車のステップに鈴なりになって、興奮しながら彼への熱い想いを叫ぶ。その後ろから、大学教授、映画監督、司教、県警本部長、ボクシングのチャンピオンらが、こけつまろびつ、押し合いへし合いしながら駆け寄ってきて、彼にヒヤシンスの花束を差し出すだろう」

「わかりません」管理人の女がふたたび口を開いた。「さっぱりわかりません……なにがなんだか……いったい、あの人は誰なのです？」

「貧しい男です」偽の警部は答えた。「人をねたんでまで成功を望まなかった。だから神に喜ばれたのです」

行列の先頭はすでに遠ざかっていた。旗や風船、凧《たこ》、花綱、生きた鳥が乱舞するなか、かろうじてステーファノ・ジーリの姿が見える。いつしか彼は、背筋をしゃんと伸ばし、威厳をたたえて足を組んで座っている。もう烏を思わせるところはない。そして優しそうに手を振っていた。

そのとき突然、警部は窓から身を乗り出して叫んだ。「おい、止まれ、そこの悪党！　止まれ、止まるんだ！」そして十字を切った。体から煙を上げた黒い悪魔が、何食わぬようすで路地から飛び出してくると、小走りに行列にむかって走っていったのだ。あとわずかで、豪華な車に追いつくだろう。ジーリ氏よ、注意しなさい。どうか悪魔の言うことには耳を傾けないでほしい。あなたはつらい人生に耐えて、悪いこともしなかった。だからきょう勝利を手にすることができた。私欲にとらわれた人生を送らなかったあなたが、いまになって心変わりでもすれば、とんでもないことになってしまうから。

＊1　「ボンゴ・ボンゴ・ボンゴ」……ボブ・ヒリアードとカール・シグマン作詞・作曲の Civilization（一九四七年発表）のイタリア語版タイトル。イタリアでは、ニッラ・ピッツィとルチアーノ・ベネヴェーネが歌ってヒットした。アレッサンドロ・ブラゼッティ監督の映画『こんなに悪い女とは』（五四年）の中でも使われ、ヒロインを演じるソフィア・ローレンによって歌われた。

聖アントニウスの誘惑

Le tentazioni di Sant'Antonio

夏も終わりに近づき、金持ちの滞在者たちが帰ってしまい、風光明媚《ふうこうめいび》な避暑地に人気《ひとけ》がなくなると――それでも、谷間には猟師たちの猟銃の音が響き、風の強い峠道からはカッコーの鳴き声が聞こえ、謎めいた袋を肩に背負った秋の魔法使い*1の最初の一団が早くも山を降りようとしているのだが――五時半か六時頃の夕暮れ時の空には、哀れな田舎司祭たちを誘惑するために、大きな雲が集まってくることがあるかもしれない。

まさにその時刻、ごく若い助司祭のドン・アントニオは、かつて余暇事業団《ドーポラヴォーロ》*2の体育館だった教会の集会場で子どもたちに教理を教えている。彼はこちら側に立ち、目の前には、子どもたちが座った机が並んでいる。その奥には、東側に面して天井まで達する大きなガラス窓があり、その窓越しに、沈みゆく太陽に照らされたジャーナ山の穏やかで堂々とした山影が見えている。

「父と子と聖霊の御名において……」ドン・アントニオは話しはじめる。「みなさん、きょうは、罪についてお話ししましょう。罪とは何か、わかる人はいますか？　ヴィットリオ、きみはどうです？　なぜだかきみは、いつも後ろのほうに座っているね……罪とはどういうことを指すと思いますか？」

「えーと……えーと……悪いことをすることです」

「ええ、そうですね。おおよそ当たっていますよ。でも、もっと正確に言うなら、罪とは、神様が定められた戒律を守らずに、神様を冒瀆《ぼうとく》することです」

そうこうするうちに、ジャーナ山の上では、計算された舞台背景の演出のように、もくもくと大きな雲がわき上がってくる。話しているあいだもドン・アントニオには、ガラス窓を通して、それがはっきりと見える。季節の移ろいとともに体がこわばり動きが鈍くなってじっとガラスに張りついている一匹の蠅《はえ》はもちろん、同じガラス窓の片隅――そこはめったに虫が飛んでこないところだったが――に巣を張った蜘蛛《くも》も、その雲を眺めている。雲は、最初、こんな形をしている。まず長く平べったい台座のようなものがある。そこから、とほうもなく大きな綿のような瘤《こぶ》がいくつも噴き出てくる。さらに、外側のふわふわした部分が湿っぽい渦を巻きながら、それがひとつにつながったまま伸びていく。いったい、何を形作ろうとしているのだろう？

「たとえば、みなさんが、お母さんがしてはいけないと言ったことをしたら、お母さんは悲しむでしょう……もし神様がしてはいけないと言ったことをみなさんがすれば、神様もやはり悲しむでしょう。でも、神様は何も言いません。ただご覧になっているだけです。神様にはすべてがお見通しだからです。バッティスタ、私の話をちゃんと聞かずにナイフで机を傷つけているきみのこともね。そして、神様は心に留めておかれるのです。百年たっても、ほんの一分前に起きたことのように何もかも憶えておいでなのです……」

ドン・アントニオは、ふと目を上げる。視線の先には、夕日を浴びた雲があり、それは、房飾りがついて渦巻模様や唐草模様の装飾をほどこした天蓋《てんがい》付きの寝台の形をしている。ハーレムの女《オダリスク》が使うような寝台だ。つまり、ドン・アントニオは眠たかったのだ。山の上の小さな教会でミサを行うために四時半に起き、そのあとも一日中走りまわっていた。貧しい人々を訪ね、鐘を新調する件で打ち合わせをし、赤ん坊二人に洗礼を授け、病人ひとりを見舞い、孤児院に寄り、墓地の工事を視察し、告解を聴いた。その他諸々の用事で朝の五時からずっと飛びまわっていた。そしていま、あのふわふわの寝台が、くたくたに疲れ切った自分を待っているように思えるのだった。

なんだか可笑しくはないだろうか？　死ぬほど疲れているところに、空の真ん中にあのような寝台が現れるというのは、なんとも奇妙な偶然の一致ではないだろうか？　もう何も考えずに、あの寝台に横になって、目を閉じられたら、どんなにすてきだろう。

だが、彼の前には、二人ずつ机に座った少年たちの落ち着きのない頭が並んでいる。「罪と言うだけでは、まだ何も語っていないのと同じです」彼は説明を続ける。「罪にもいろいろあるのです。たとえば、ほかの罪とは大きく違う特別な罪があって、それは、原罪と呼ばれます……」

するとそこへ、二つ目の巨大な雲がやってきて、宮殿の形になる。柱が立ち並び、丸屋根をいただき、回廊や噴水があり、屋根のてっぺんには旗がひるがえっている。宮殿の中には、おそらくこの世の悦楽が待っている。宴《うたげ》が開かれていて、召使い、楽の音、金貨の山、香水、美しい侍女たち、花であふれる花瓶、クジャク、そして銀のラッパが彼を、文無しの内気な田舎司祭を呼んでいる（『ああ、きっとあの城には、貧乏人なんかは住めないんだ。僕には一生縁のない所だろう』と彼は思う）。

「こうして原罪が生まれたのです。でも、きっとみなさんはたずねるでしょう。アダムが悪いことをしたからといって、僕たちになんの罪があるの？　なんの関係があるの？　どうしてアダムのせいで罪を背負わなくちゃいけないの？　と。でも、ちょっと考えてみてください……」

二列目か三列目の机に、おそらくパンか何か固い物を盗み食いしている子がいて、ネズミがカリカリ齧《かじ》るような、かすかな音が聞こえてきた。けれども、なかなか用心深くて、司祭がしゃべるのをやめると、すぐに顎《あご》を動かすのをやめてしまった。

ドン・アントニオがひどい空腹感に襲われるのには、そのわずかな刺激だけで十分だった。

彼の見ている前で、三つ目の雲がにわかに横に広がったかと思うと、七面鳥の形になった。ミラノのような大都市の人々の腹を満たせるほどの、まるで巨大な建造物のような馬鹿でかい七面鳥だった。肉は、想像上の焼き串に突き刺され、ぐるぐる回転しながら、夕日にこんがりと炙《あぶ》られていた。その少し向こうには、典型的な瓶の形をした、紫色の、先の細くなった別の雲があった。

「人はどのように罪を犯すのでしょう?」司祭は言った。「ああ、神様を悲しませるために、人間は罪を犯す方法をどれだけ考え出したことでしょう。たとえば盗みのように、行いによる罪があります。悪態をつくことのように、言葉を口にするだけで罪になることもあります。考えによる罪もあります……そう、時には、ある考えを抱くだけでも罪になりうるのです……」

あの雲たちは、なんと畏《おそ》れを知らぬことか。空高く盛り上がった大きな雲のひとつは、司教冠の形をしていた。傲慢《ごうまん》や出世欲をほのめかしているのだろうか? 細部にいたるまでみごとに完成した冠は、青空を背景に白く輝き、その厳《いか》めしい底部からは絹と金でできた房飾りが垂れていた。司教冠はさらに膨らみを増しながら、たくさんの小さな花の形をした飾りで覆われていった。おまけに、神秘的な力を湛《たた》える教皇冠の形をした雲まで出現した。哀れな田舎司祭は、心ならずも、一瞬、羨望《せんぼう》のまなざしでそれを見つめた。

悪ふざけは、ますます手の込んだ、心をくすぐる狡猾《こうかつ》なものになった。ドン・アントニオは不安を感じていた。

このとき、パン屋の息子のアッティリオが、ニワトコの茎の中にトウモロコシの粒を詰めると、それを口に当てた。級友の首筋に命中させようというのだ。その瞬間、少年はドン・アントニオを見た。その顔は蒼白だった。ぎょっとしたアッティリオは、すぐに吹き矢筒を口から放した。

ドン・アントニオは話し続けた。「……大きな罪《モルターレ》と小さな罪を区別しなければなりません……でも、どうして大罪のことを、命取り《モルターレ》となると言うのでしょう？　もしかして、死《モルテ》にいたるのでしょうか？　そうなのです……たとえ肉体は死ななくても、魂は……」

『いやいや、単なる偶然じゃない。気まぐれな風のいたずらのせいでたまたまあんな形になったわけではあるまい』と彼は思った。もちろん、彼のために、ドン・アントニオのために、地獄の軍勢がわざわざお出ましになったわけではなかった。それでも、あの教皇冠には、謀略の臭いがぷんぷんしていた。ひょっとして、遥《はる》か昔に砂の中から現れて隠者たちの足をつついたのと同じ悪魔が関わっているということはないのだろうか？

群島のように散らばる雲の群れのほぼ真ん中に、ずっと動かずにいる、ひとつの大きな水蒸気の塊があった。ドン・アントニオは、さっきから不思議に思っていた。ほかの雲は絶えず動いているというのに、その雲だけはそうではなかった。お祭り騒ぎのさなかで、ひとり静かで、おとなしく、まるで待機しているかのようだった。不安をおぼえながら、司祭はその雲を注視していた。

はたしていま、大きな雲は動きはじめていた。それは、腹の中に悪だくみを隠していながら、それまで何食わぬようすで眠ったふりをしていた大蛇が動き出すさまを思わせた。雲は、ある種の貝が生み出すバラ色の真珠母のような色をしていて、ふっくらと丸みを帯びた手足のようなものが突き出ていた。何になろうとしているのだろう？　どんな形を取るのだろう？　判断材料がまったく欠けていたにもかかわらず、ドン・アントニオは、聖職者の勘から、何が現れるのかすでに察しがついていた。

顔が火照っているのに気づいて、彼は視線を床に向けた。そこには、藁《わら》くずと、タバコの吸い殻（どうしてここに？）と、さびた釘と、土くれが少し落ちていた。「でも、みなさん、主の慈悲は無限なのです。そして神の恩寵《おんちょう》は……」話しながら、彼は雲が完成するまでにかかるおおよその時間を計算した。やがて、それを目にすることになるのだろうか？「いかん、いかん。用心するのだ、ドン・アントニオ。自分を過信するな。おまえは自分の力の限界がわかっていない」私たちが弱気になったときに心の奥底から聞こえてくる、あの口うるさい声が叱《しか》りつけた。けれどもその一方で、別の声も、勇気が私たちを見捨てたときに道理を説こうとする、あの優しく、気さくで、親しげな声も聞こえてきた。「何を恐れているんだね、司祭様？　罪もない雲が怖いのかい？　もし目を背けたら、それはあんたにとってはよくない兆候だぞ。心の中が穢《けが》れているってことだからね。だいたい、雲に罪が犯せるわけがないじゃないか。ごらんよ、司祭様、なんてきれいなんだろう！」

　そのとき、一瞬の迷いが生じた。まぶたがぴくりと動いてうっすらと目が開くには、それだけで十分だった。彼は見たのだろうか、それとも見なかったのだろうか？　邪悪で汚らわしく、だが魅惑的な、あるイメージのようなものが、すでに彼の頭の中に入り込んでいた。暗い感覚にとらわれて息が苦しかった。やはり、彼を誘惑するために妖魔たちが押し寄せてきて、空の上から破廉恥なほのめかしをして挑みかかっているのだろうか？

　ひょっとすると、これは神が人間たちに与えたもうた大いなる試練なのだろうか？　でも、司祭ならごまんといるのに、どうしてよりによって自分が選ばれたのだろう？　ドン・アントニオは、伝説に彩られたテーバイ[*3]に思いをはせた。聖徳を讃《たた》えられ、栄光に包まれた未来がちらっと目の前に浮かびさえした。独りにならねば、と彼は思った。そして、小さく十字を切って、授業の終了を伝えた。子どもたちががやがや言いながら帰っていくと、教室はしんと静まり返った。

　さあこれで、逃げ出すこともできた。雲が目に入らない奥の部屋に引きこもることもできた。けれども、逃げたのでは意味がなかった。それでは、負けを認めたことになってしまうだろう。逃げるかわりに、彼は神に助けを求めた。ゴールまでの最後の一キロを走るランナーのように、ぎゅっと歯を食いしばり、必死に祈りはじめた。

どちらが勝つのだろう？　よこしまで甘美な雲か、それとも、心の清い司祭のほうか？　ともかく彼は祈っていた。やがて、もう負けはしないだろうと思った彼は、気合を入れて目を上げた。

だが、奇妙な失望とともに、空に、ジャーナ山の上に、彼が見たのは、表情の乏しい無頓《むとん》着《ちゃく》な雲と水蒸気の塊、そして、こま切れになって消えてゆく湿っぽい薄雲だけだった。どう見ても、この雲に意思が備わっているはずはなかった。邪悪な性質を持ち、若い田舎司祭をからかうことなどありえなかった。もちろん雲は、彼にまったく関心も無ければ、悩ますつもりもなかったのだ。ただの雲だった。じっさいその日、気象台は次のように伝えていた。「天気はおおむね晴れで、午後からは積雲の発生が見られるでしょう。風は穏やかで、気温の変化は小さいでしょう」そして、悪魔については一言も触れていなかった。

＊1　「秋の魔法使い」……秋の訪れを擬人化した比喩表現。魔法使いが袋の中の魔法の絵具を使って木々の葉を紅葉させていくというイメージ。

＊2　「ドーポラヴォーロ」……「仕事の後で」という意味だが、ここではファシズム政権が労働者の福利厚生の充実と余暇活動の推進を図るために行った事業とその組織を指す。労働者の士気を上げるとともに、国民を管理・統制する狙いもあった。

＊3　「テーバイ」……ナイル川沿岸に位置した古代エジプトの都市。三、四世紀頃、周辺の砂漠や荒野にはキリスト教の隠修士（いわゆる隠者）が多く暮らし、修道生活の発祥の地となった。

屋根裏部屋

La soffitta

ある夏の午後、ひとりで家にいた私は、偶然、奇妙な発見をした。友人が電話してきて、ラテン語の辞書があったら貸してくれないかと頼んだので——きっとクロスワードパズルで使うのだろう——たぶん学校時代の古い本の中にあると思う、と答えた。そこで、アトリエがある上の階の、屋根裏部屋に向かった。アトリエの隣の、横一列に並んだ三つの物置部屋には、これまでの人生の断片が積み重なっていた。本、絵、家具、絨毯《じゅうたん》、玩具《おもちゃ》、トランク、自転車。三つのうちで、本を置いている一番小さな物置部屋は、屋根の傾斜のせいで、高さがだんだんと低くなっていて、狭い廊下を思わせた。その部屋には、屋根に開けられた丸い小さな小窓から光が射しこんでいた。打ち捨てられ、何か秘密めいた感じのする廊下のような物置部屋は、子どもの頃から、漠然とした神秘の感覚を呼びさましたものだった。とはいえ、そうした感覚は屋根裏部屋が一般に放っているものだった。それでも、当時二十五歳だった私は、その部屋を訪れたときに、かすかに冒険めいた喜びを感じた。大いなる静寂が支配し、何もかもが深い眠りにつき、周囲の町の喧騒《けんそう》もはるか遠くに感じられた。

鍵を持って、小さならせん階段をのぼった私は、階段のてっぺんまでやってくると、ある特別な匂いに気づいて驚いた。それは、けっして不快な匂いではないが、ふだんそこに置かれている古い物が放つ穏やかな匂いとはまったく異なっていた。鮮烈な匂いで、本の物置部屋に近づくと際立った。

扉を開けるとすぐに、匂いの出所がわかった。壁にそって並べられた本の前に、すばらしく美しいリンゴがうず高く積み上げられていたのだ。リンゴの山は少なくとも部屋の四分の三を占めていて、奥の壁際では、一メートルもの高さに達していた。私は一瞬、間違って、建物のほかの住人が使っている隣の物置部屋に入ってしまったのだろうか、鍵がかかっていない扉をうっかり開けてしまったのだろうか、と思った。だが、その疑いはすぐに消えた。

リンゴはどれも、中くらいの大きさだったが、すばらしい色をしていた。少なく見積もっても、三百キロはあっただろう。いったい、誰が運び込んだのだろう？　家政婦のテレーザにその種の備蓄をするように命じたおぼえはなかった。それに、彼女が勝手にそんなことをしたとも思えなかった。仮にもしそうしたなら、私に話しただろう。あいにく、彼女は例年のように夏休みを取って留守にしていたので、一週間後でないともどってこない。だが、ひょっとすると管理人は、何か知っているかもしれない。

いや、それは不愉快な出来事ではなかった。部屋を開けたら、そこに思いがけずたくさんのリンゴが、それもすばらしいリンゴの山があれば、それがどこからやってきたものにせよ、うれしいにちがいない。そうは言っても、はじめはユーモラスな印象さえ与えた発見は、場所柄と静寂とけだるい時間帯と相まって、神秘的な様相も呈していた。

奇妙な出来事に考えをめぐらせながら、私はほとんど無意識に床に身をかがめ、リンゴの一つを手に取って、ハンカチでふき、味わおうとした。ところが、果肉に歯を立てた瞬間に、深い戦慄《せんりつ》が背中を走った。口を半開きにし、歯をリンゴに突き立てたまま、私は茫然《ぼうぜん》となった。心臓がドクンドクン打ちはじめた。それはリンゴではなかった。正確に言えば、形や重さや見かけはリンゴだった。だが、その味はと言えば、これまで味わったリンゴとはまるで似ても似つかぬもの、これほどの美味がこの世に存在しうるとはけっして想像すらできなかったようなものだった。

唇に果汁が触れるや、感覚は混乱し鋭くなり、息が止まりそうなほどだった。それから私は、ゆっくりと歯を閉じ、一口かじり取って、勢いよく嚙《か》みくだいた。快感が新たになり、何倍にもなるのを感じた。それはあまりに強烈だったので、リンゴの半分を食べ終わるや、私は一種の恍惚《こうこつ》とした陶酔感の中に沈み込んだ。良識で考えれば、そのような異常な現象を前にすれば、おびえるのが当然だろうに、私は理由もなしに笑い出した。そして笑いながら、じつに激しい喜びとともに目の前に積まれた残りのリンゴを眺めていた。リンゴの山はほとんど無尽蔵の快楽を約束していた。やがて私は、ふと、思わず振り返って後ろの扉を閉めた。

扉を閉めてからすぐに、なぜそうしたのか疑問に思った。ようやくそのとき、我に返って、不安になりはじめた。『どうして扉を閉めたのだろう?』私は自問した。そして、自分に嘘をついてごまかそうとした。いや、何でもない、別に理由なんかない、まったく無意識の動作だ、と。だが、静かな声が反論した。『いや、いや。ちゃんとした理由があってそうしたのだ。おまえは、誰かに見られるのを恐れて扉を閉めたのだ』

じっさい、そうだった。リンゴを食べ終わる前から、暗い感覚にとらわれている自分に気づいていた。それまで快楽が遠ざけていたさまざまな考えが、どっと私に襲いかかっていた。まるで悪魔に誘惑されたような気がした。どんな酒にも勝るような陶酔感を与える、そんな果物がこの世に存在するなぞ、一度も聞いたことがなかった。私が味わった快感は強烈で、自然のあるべき限界を超えているように思えた。自然なものと言いうるには、あまりに激しく尋常ではない感覚だった。すぐにエデンの園のリンゴの木を思い浮かべ、これ以上悪魔の誘惑のえじきにならないように注意しなければ、と自分自身に言い聞かせたのは言うまでもない。

じつに滑稽《こっけい》で、子どもじみていた。そう、おそらく私は、誰かがたまたま屋根裏部屋に上ってきて、リンゴを食べているところを見られないように扉を閉めたのだ。だが、それには十分な理由があった。リンゴを他人の好奇の目にさらしたくはないという当然の考えだ。やがて食べ終わり、芯を床に投げ捨てると、陶酔感はゆっくりと静まっていった。超自然的な影はすっかり消え去った。私は、さっきまで考えていたことを思い返して笑った。『なんという馬鹿げた想像だ』心の中でつぶやいた。『悪魔がわざわざ誘惑するほど、おまえは自分が重要人物だと思っていたのか？　それに、悪魔がリンゴの袋を背負って階段をのぼってくるだろうか？　エデンの園のリンゴなんてただのシンボルにきまっているじゃないか。迷信深い女よりも始末が悪い。たしかに美味しかった。だが所詮は、ただのリンゴだ。さっきは、体調がよくなかったのだろう。暑さのせいで、時にはそんなこともあるのだ』と。

タバコに火をつけながら、私はああだこうだと自分自身に言い聞かせていた。けれども、仮に、さきほどの感覚は身体《からだ》の不調によるものだと説明がついたとしても、リンゴの存在はいくばくかの不安を引き起こした。常識的な考えからいろいろと推論してみたものの、なんの結論も見出せなかった。意地悪な疑いがふたたび頭をもたげ、ひとつ実験してみるように私を説得した。体調を整えるために一時間ほど待ってから、もうひとつリンゴを食べてみればいいというのだ。そうすれば、物事ははっきりするだろう。有毒な、あるいは毒を盛られた果実かもしれないなどという疑いは頭に浮かびもしなかった。

その当時、画家だった私は、大いなる、そしておそらくは輝かしい運命が自分を待っているると本気で信じていた。その日の午後は、お気に入りのモデルがやはり休暇《ヴァカンス》で来られなかったので、さまざまな衣類を吊るしたハンガーをモチーフにした静物画を描き進めるつもりだった。物置部屋を閉めると、アトリエに向かった。だが、仕事に取りかかろうとしたものの、さっぱり筆が進まなかった。下絵はもはや何も語りかけてくれなかった。二着のコート、一枚の上着、二つの帽子が私の前にあった。それらは、重力の法則で偶然そうなったかのように、しわが寄り、ずれ落ちかけていた。絵の中に抽出するつもりであった寂しさや物悲しさはもうまったく感じることができなかった。それどころか、なぜこんなつまらない絵を描きはじめたのだろうと思った。そのあいだも、次の実験が待ち遠しくてならなかった。望ましからぬ兆候ではあったが、私は二つ目も最初のリンゴと同じような快楽を与えてくれることを期待していた（その気持ちを偽ることはできなかった）。それ以上の望みはないように思えた。そして、残りのリンゴをきちんと保管しておくにはどうしたらいいか、心配すらしていた。積み上げた状態ではすぐに腐ってしまうだろう。風が通る場所に置く必要がある。だが、どこに？　家の中にはそのようなスペースはなかった。それに、リンゴのことは誰にも、テレーザにも、いっさい秘密にしておいたほうがよかった。そうこうするうちに、決めておいた時間が近づき、気持ちも高ぶっていった。落ち着こうとした。物置部屋にあるのはごくふつうのリンゴだとわかるだろう、もう魔法の時代ではない、妙な考えを抱くのは馬鹿げていると自分に言い聞かせようとした。それでも、もう一度あの味を味わいたいという強い思いのほうが勝ろうとしていた。さっきのような美味を味わえなかったなら、本当に残念でならないだろう。私は筆を置いて、時計に目をやりながら、アトリエの中を行ったり来たりしていた。

ついに、時間になった。肉体の状態は完全に正常だった。少なくともそう思われた。物置部屋の扉を開けて、中に入り、手近にあったリンゴを手に取った。埃《ほこり》も払わずに歯を立てた。この上なく甘美な瞬間が訪れた。心地よく波にさらわれていくような戦《おのの》きをふたたび感じた。さきほどまでの不安はどこへやら、抵抗しようなどとはつゆほども思わなかった。がつがつとリンゴをむさぼった。さらに大きな快楽を得ようと、齧《かじ》りとった大きな果肉を噛まずにそのまま呑《の》み込んだ。たちまち忘我の境地が訪れた。不意に魂が、（輝かしい予感と混じりあった）憂いのない至福の中で漂いはじめた。それだけでなく、体のほうも、全身にこれまで感じたことがないほど若さや俊敏さや力がみなぎっているのを感じた。

大きめのリンゴを、立て続けに二個平らげた。それから、アトリエにもどって、ソファーの上に身を投げ出して寝そべると、そのまま、奇妙奇天烈で甘美な夢にいざなわれた。少なくとも二時間くらいそうしていた。

意識を取りもどしたときには、すでに夕暮れ時だった。アトリエの中で、夕闇が濃くなるにつれて、不安がもどってきた。実験の結果は、十分すぎるほど明らかだった。だが、それは誠実さが望みえるような意味においてではなかった。陶酔に似た幸福感はすでにうっすらとした霞程度しか残っていなかったし、気分の悪さや吐き気も感じてはいなかったが、あのリンゴの実には不安を掻《か》き立てる異常なものがあることを、もはや否定しようがなかった。

私は、最初のとき以上に罪悪感を抱いていた。リンゴがもたらす快感には、邪悪とまでは言わなくとも、何かいかがわしいものがあった。ソファーから起き上がって――頭が重くないことに驚いたが――物置部屋にもどった。『ひょっとしたら、リンゴは現れたときと同じく、魔法のように消えているかもしれないぞ。ともかく、扉は閉めておいたほうがいい』と思った。

だが、リンゴは消えていなかった。黄昏《たそかれ》の淡い光の中で、ぎっしりと積み上がったリンゴの山はまるで生きているようだった。それほどの生命力をみなぎらせていた。そして香りも一段と強烈だった。その香りは、未知の快楽をさらに何時間も約束してくれているように思えた。私の不安をあざ笑いながら、どこか胡散臭《うさんくさ》い気前のよさをもって約束していたのだった。

その後、何年にもわたってくり返し思ったし、今日でもそう思っている。なぜ、すぐに友人の誰かに話さなかったのかと。おそらくそうしていれば、私を虜にしてしまうことになった魔法を打ち破ることができただろう。もし、友人のひとりにリンゴの発見について話していたら、もし、その友人を屋根裏部屋に連れていって、リンゴを食べさせていたならば、何もかも笑い話で終わっていただろう。不吉な想像にも終止符が打たれていたことだろう。リンゴの実が強い酩酊《めいてい》作用を備えているのは、おそらくそれが生った木が未知の性質を持っていたからだろう。そう考えて、すばらしい果実を存分に味わうことができる満足感だけが残ったことだろう。

だが、夜が訪れようとしているとき、私は誰もいない家の中でひとりきりだった。いまさら扉に鍵を掛けても無駄だった（じつのところ、そうしようとさえ思わなかった）。誰かがすでに家の中に入り込んで、私を探していた。尋常ではない存在、目には見えず、得体のしれない、敵であると同時に友人であるもの、遠い穴の中から出てきたものが。とは言っても、私は落ち着いていたし、不安でもなかった。何百万もの人間のなかで、ほかならぬ自分のところにそのすばらしい果実がもたらされたことを、ほとんど誇らしく思っていた。（それとも、もしかして逆だろうか？　よくある話ではないのか？　誰もがいつか、ある日、屋根裏部屋にかぐわしいリンゴの山を見つけて、密かにそれを味わい、これは自分だけに起きたことなのだと信じて、欲深さと羞恥心《しゅうちしん》から、けっして他人には話さない、そういうこともありえるのではないか？　あるいは全員ではなく、一握りの人々、その貴重な魂をめぐって、天使と悪魔が墓場の扉の前で争うような善良な者にだけ起こるのだろうか？）

その考えに私は笑った。それから、友人たちと夕食を取りに家を出た。通りに出たときには、心の重荷はすっかり消えていた。あんなことを考えていた自分の馬鹿さ加減に呆れていた。太陽はまだ西の運河の向こうに沈みきっていなかった。ツバメが暑い空を飛びかっていた。『つまるところ、謎のリンゴは、僕にとっては新たに手に入った資源じゃないか』私は心の中で言った。友人たちと屈託なく軽口をたたきあい、リンゴのことは誰にも話さなかった。

けれども、やがて十二時を過ぎて友人たちの最後のひとりが帰ってしまい、私も帰宅の途に就くと、浮かれた気分は消えていった。角の向こうに家が見えてきた。私の部屋の窓だ。屋根の上には物置部屋の小窓が見えている（ほら、真っ暗だろう。いったい誰が居るというのだ？　何を馬鹿なことを考えているのだ？　どうした、家に入るのが怖いのか？）。そのとおりだった。私は、家に入らずに、二度も入り口の前を通り過ぎた。そのうち、リンゴのイメージ、香りの記憶、この上なく甘美な味が完全に蘇った。家の中では、暗がりに身を潜めて、誰かが（敵が）、私が近づくのを知っていて、私を呼んで欲望を掻き立てようとしているような気がした。けれども逆に、もし物置部屋の中には何も見つからなかったら？　すべては冗談だったら？　あれほどの大きな喜びが、苦い影しか残っていなかったら？

私は階段を駆けのぼった。家の扉を開け、明かりをつけ、周囲を不安げに見まわした。疑り深い性格からカーテンをめくった。廊下を進みながら、奇妙な不安をおぼえて二度振り返った。こんどは、らせん階段だ。階段の上にも明かりがついているのがありがたかった。さあ、物置部屋の扉を開けろ。ほら、リンゴが見えるか？ 消えてなんかいないだろう？ さあ、手に取って、心配せずに食べろ。まだ、いくらでもある。何か月分も、何年分もあるだろう。どうした？ ひょっとしてためらっているのか？ 恥じているのか？ それしか望んでいないというのに！

その夜、私は、本が置かれた物置部屋で、放縦な欲望に身をまかせ、喜びにふけった。芯すら貴重なものに思え、捨てるのがもったいなくて、しゃぶりつくした！ リンゴを嚙むあいだ、私の目はうず高く積まれた本の背を機械的に見つめていた。『友情について』、『ラテン語の統語論』、『哲学の歴史』、『魂の平静について』、パスカル……学校時代の本だった。そのことを思い出しながら、笑いがこみあげてきた。私はひとりではないような気がしていたので、冒瀆《ぼうとく》意識もそのぶん大きかった。目には見えないが、私よりもずっと強い誰かがかたわらに座っていて、私に親しげに話しかけていた。それだけではない。「よし、よし」と私をほめていた。いつしか、私は最高に幸せな夢を見ながら、眠り込んでいた。

それからしばらくは、リンゴをむさぼり続けた。だが、人生で味わう喜びがたいていそうであるように、満足感はしだいに減っていった。リンゴに最初の頃のようなすばらしい味をふたたび見出すには、間を置く必要があった。さらに、珍しく欲望に駆られぬ日には、自分がしていることへの不安がますます募っていった。リンゴが邪《よこしま》な性質を帯びた場所からやってきたことは、もはや疑いようがなかった。物置部屋からもどるたびに、肉体的なものとはちがう強い不快感にとらわれた。そして、身体《からだ》にはとりたてて不調を感じない一方で、精神が無気力に落ち込んでいくことにも気づくようになった。絵筆を握ってもさっぱり仕事がはかどらず、何時間もアトリエを歩きまわっていた。最初の一筆を入れようとするたびに、頭の中で思い描いていたアイデアは、ことごとくつまらないものに思えた。デッサンしようとすると手が震えた。そして何の成果もなしに何週間かが過ぎていった。

『おまえはなんて惨めなのだ?』私は心の中でつぶやいた。『自分の意志でやめることもできないのか? わかっているのか? 身を滅ぼしかけているんだぞ。法外な快楽には、法外な代償を払うことになるとどうして思わなかったのか?』私はよき決意を固めていった。二度とリンゴには触れないと自分自身に誓った。リンゴを厄介払いする方法も考えた。たとえば、一度に一個か二個ずつ運び出し、刻んでトイレに流してしまうというのはどうだろう。じっさい、そうしてみた。だが、リンゴに触れるのは危険すぎた。三回目には、もう誘惑に負けそうになっていた。そこで、売ってしまおうかと考えた。だが、誰に、どうやって売るのだ? テレーザには、リンゴの存在をどう説明すればいいだろう? それに、万一彼女自身がひとつ食べてしまったら？　八百屋に売るわけにもいかない。多くの人が口にすることになるからだ。子どもたちが食べるだろう。大勢の老若男女が、私と同じ妖しい酩酊を味わうだろう。歓喜する者もいるかもしれないが、抗議に走る者だっているだろう。調査がなされ、私は告発され、ごたごたに巻き込まれ、困ったことになるのは必然だ。それとも袋に詰めて、何回かに分けて、夜中に川まで運んで水の中に投げ捨てるか？　おそらく最良の解決法だろう。でも、誰にも気づかれないように実行するのは至難の業だ。

こうして、ああでもないこうでもないと解決策を思案するうちに、日々は過ぎていき、時折、屋根裏部屋に向かう飢えた私の足の重みで階段がきしんだ。

もう屈しない、これが本当に最後だ、と何度誓ったことだろう。だが、数日が過ぎると、そんな誓いは意味がない、誓ったときと同じように、自分で自由に誓いを反故《ほご》にできるのだから、と気づくことになった。尊厳なんぞ何の意味があるだろう？　私を待っている最高に甘美な喜びにくらべれば、どれほど重要だろう？　そうこうするうちに、私は無気力に陥り、手つかずの画布《キャンバス》はイーゼルの上で眠ったままだった。私のかたわらに歩み寄る、目に見えないあいつ（敵）は、邪な笑みを浮かべていた。友人たちは驚いて、私が病気ではないかと疑って、仕事をさぼっている理由をたずねた。ああ、かつての輝しき夢よ、私はなんと落ちぶれてしまったことか。

その頃、私は理解した。破滅してしまうかもしれないという恐怖は、抑えとしてもはや十分ではない。もっと直截的《ちょくせつ》で強烈な恐怖か、大きな苦痛が必要だろうと。もう描けない、困窮してしまう、このままでは身の破滅だという不安は、たしかに恐ろしくはあったが、あまりに漠然としたものだった。現実になるまで時間がかかる、要するに、あまり頼りにならない罰だった。無気力から抜け出すことができなくても、私はあいかわらず自分を偉大な画家だと思っていた。一か月か一、二年もすれば、傑作をものにできるだろうと。目の前には、自由に使える時間がたっぷりある。リンゴを処分するのはいつだってできる。こんなふうに考えて、なんら確固とした解決策を見出せないまま、日一日をすごしていた。私をおびえさせるのには、もっと強烈な恐怖が必要だろう。

そのような恐怖がやってきた（それは神が私を守ろうと決意した最初のしるしだった）。その恐怖というのは、冬の頃、町で突如として発生した不吉な疫病だった。人々は、とつぜん地面に倒れ、体を痙攣《けいれん》させながら嘔吐《おうと》し、たちまち死に至った。罹《り》患《かん》者の数は多くはなかったが、きわめて衝撃的な出来事で、町中に恐怖が広まった。私も恐れおののいた。そのような状況の中では、独り身の人間は頼るところもないので苦しみは一層大きかった。そして私は、天に救いを求めた。

私はもう、子どもの頃のように無邪気に神を信じてはいなかったが、それでも、迷信めいた信仰がわずかに残っていた。ある晩、同じ地区でさらに八人の死者が出たというニュースに驚愕《きょうがく》した私は、ひざまずき、神にむかって宣言した。「もし私を疫病からお救いくださるなら、二度とリンゴを食べないと約束します。誓います」

私は魂の不滅をあまり信じていなかったのだが、まさにその事実ゆえに、その誓いはなにより試験のようなものだった。だが、誓いを立ててからまもなく――二十四時間も経たないうちに――私の心はすばらしく穏やかになった。信仰であれ、迷信であれ、リンゴに手を触れないかぎり、疫病も私に手を出せないだろうと心底確信していた。神が私のことを気にかけていて、誘惑をはねつけるのに手を貸してくれるとさえ勝手に思っていた。そして、自分の近くに、私の申し出を受け入れてくれた超自然の契約者の存在を感じていた。一方で、やつ（敵）はもう居なくなってしまったように感じた。そう思えるほど、屋根裏部屋への誘惑は弱くなっていたのだ。

死神は、寒さをものともせずに、埃っぽい街をうろつきまわって鎌をうならせていた。時折、雪で白くなった路上に、無慈悲な刃《やいば》に襲われて顔を下に向けて倒れている人の姿を目にした。だが私は、死神はけっして私には手を出せないという思い上がりから、そばを通るときも動じなかった。（その不吉な冬にはじつに稀《まれ》なことだったが）どこからか音楽の調べが聞こえてきたときには、心はいつものように高揚し、自分は徳性の点で隣人たちよりも優れているのだとさえ思っていた。地獄から誘惑され、それに挑みかかり、打ち負かしたのだと。私は胸を張って歩き、出会う人々の目を見据えた。あまりにこちら側に有利な、破格の条件の契約で手に入れた、じつに都合のよい徳だった。それでも、神の慈悲は――それを今日ではもはやあえて疑わないが――かくも深く、私を非難するようなことはなかった。じっさい、契約は圧倒的に私の側に有利だった。なぜなら、約束を守っていれば、私は三つの非常に重要なことを手中にできるからだ。すなわち、リンゴの呪縛から解放され、平穏な生活を取りもどせる。疫病から免れることができる。そして、神が存在するという有無を言わさぬ証拠を手に入れることができるのだ（これまで神学者や哲学者がけっして手に入れることができなかったものだ）。そして、その見返りに、私が果たすべき義務はなにか？　悪魔の果実の拒絶という、得られるものとくらべれば、じつに取るに足らない犠牲だった。

　加えて、そのうち屋根裏部屋のリンゴは腐ってしまい、私は完全に解放されるだろうという考えに心は安らいだ。リンゴは、秋の終わりにはすでに熟しきっているように見えた。快楽にふけっていた頃には、それは大きな気がかりだったが、もうじき寒くなるし、そうなれば腐ることはないだろうと考えて安心しようとした。ところが、危険な悪習とはきっぱり縁を切る決意を固めたいまでは、反対のことを願っていた。つまり、腐敗が速まって、リンゴがどろどろに腐ってしまうことを期待していたのである。疫病が終息し、感染の危険がなくなっても欲望が蘇えることはないと考えるほど、私はおめでたくはなかった。

私は、誓いを立てた日の、霧が立ち込める陰鬱《いんうつ》な夕べをよく憶えている。アトリエは魔法の物置部屋の隣なので、階段をおりてくるのはごく自然なことにしか見えなかったにもかかわらず、私はできるだけ足音をしのばせながら、屋根裏部屋からおりてきた。甘美な昂奮《こうふん》を感じながら、部屋に着くなり、ベッドの上に身を投げ出して空想にふけった。二十分くらい経った頃、テレーザが不安に蒼ざめた顔で入ってきた。「聞きましたか？」テレーザは息を切らしながら言った。「カフェや映画館が全部閉鎖されたんですって。命令が出て、一軒一軒すべての家を訪問するそうです。明日の午後、ここへもやってきますわ」

「来るって、誰が？」私はうわの空でき返した。

「保健所の職員ですよ」テレーザが答えた。「この地区でまた八人亡くなったそうです」

八人が亡くなった。その不吉な言葉に私はすっかり目が覚めた。ぱっと起き上がってベッドに腰をおろし、おびえた顔でテレーザを見つめた。同時に、心の中で自分がしたことに対する嫌悪感がわき起こった。私の顔には動揺の色が浮かんでいたにちがいない。

「いったいどうされました？」テレーザが思わず数歩後ずさりながら言った。「ひょっとして気分がすぐれないのですか？」その口調には明らかなほのめかしが感じられた。

「いや、何でもない」テレーザを安心させようと、笑いながら答えた。「すこぶる元気さ。

ただ眠くなって、横になっていたんだ」

テレーザは、作り笑いを浮かべながら出て行った。そして私は、恐怖に取りつかれながら、すっかり暗くなった部屋に取り残された。病気は、ほかならぬ私のせいで起きたのだという考えが頭をよぎった。私は疫病の犠牲者のひとりになるだろう。悪徳にふけった罰として。『いまいましいリンゴどもめ』私は心の中で毒づいた。『おまえらのせいで、恐ろしい死を宣告されてしまった。敷石の上に倒れて、ゼイゼイ息をしながら、黒い吐瀉物《としゃぶつ》の水たまりに顔を沈めて死ぬことになるのだ』そのとき私は、女のように、ベッドのかたわらにひざまずいて、厳かな言葉で誓ったのだった。

その日から数日間、私は屋根裏部屋にはのぼらなかった。呪縛から解き放たれたと感じ、リンゴは当初の魅力を失った。危険な力がすっかり失せて、私にとってどうでもいい無害な果実に変わった。ふたたび目にしようという気も起らなかった。時の経過とともに、リンゴは腐ってしまうだろうと予想した。『誘惑に打ち勝てるように力を貸してくれた者は、リンゴを消し去るか、少なくとも腐らせるくらいのささいな労を惜しむことはないだろう』そう考えた。そのようなサービスを期待するのは、ある意味正当なことに思えた。それどころか、そのうち、リンゴの消滅は暗黙のうちに契約内容に含まれていると思うようになった。

そうこうするうちに、何週間かが過ぎていった。私はふたたび仕事に取り組もうとしたが、成果はなかった。今回、障害となったのは、無気力感ではなく、疫病が引き起こした不安だった（それに、アトリエに行くのも気が滅入った。物置部屋の扉の前を通らなければならなかったし、そこに誰かが私を待っているように思えたからだ）。そんな状態は、ペストとされる疫病が広まったときと同じスピードで終息していくまで（というか、ほかの地域に移動するまで）、約二か月ものあいだ続いた。死神は、町の空から不吉なマントを取り去った。通りには人々がもどり、商店は光にあふれ、街角では古いアコーディオンの音がふたたび流れはじめた。

やがて、私はいまわしい出来事を忘れ、いつもの生活を取りもどしていた。そして、新たな危険に対して、いわば、警戒を怠っていた。厳格な契約によって防備を固めた自分は、いまや無敵だと感じていたからだ。

だが、はたして契約は、どれだけ厳格だろう？　その疑問は、徐々に私の心の中から浮かび上がって来た。もし誓いを破れば、ふたたびペストに襲われる可能性はないのだろうか？　私はまたしても、ひとりではないような気がしてきた。誰かの姿が見えるわけでもなければ、家の扉には鍵がかかっていて、いかなる物音も聞こえはしなかったのだが。

そのときまでよくわからなかったのだが、自分のそばに誰かがいるのに気づいたのだ。そいつは、耳を傾けないほうがよいようなことをあれやこれ、くり返しささやき続けた。その甘く狡猾《こうかつ》な声は、断続的に聞こえてきた。声を大にして言い立てるのではなく、タイミングを見計らいながら、巧妙かつしたたかなやり口で私の心に疑惑の念をそっと忍び込ませた。私が黙れと言うと、黙った。だが、しばらくすると、不意を衝いて、私の歓心を買うようなことをささやくのだった。

たとえば、こんなふうに。「おまえはペストから逃れるために二度とリンゴに触れないと誓った。だが、疫病が過ぎ去ったいま、もうそんな誓いは守らなくてもいいじゃないか」

私は反論した。「とんでもない。ペストという言葉は病気全般を指している。仮にいま肺炎にでもかかったら、だまされたと思うだろう。僕は死ぬのが怖いんだ。一般的な意味での死を恐れているんだ。特にペストで死ぬのが怖いんじゃない。ペストを持ち出したのは、それが一番重大な脅威だったからで、ほかの病気を排除するつもりなどまったくなかった」

やつが答える。「いまになってそんなことを言うのかね？　あのときはそういう言い方はしなかっただろう。契約というのは厳密なものだ。仮に神がおまえの願いを聞き入れたとしよう。でも、だからといって、もうおまえを病気にはできないと思うのかね？　もちろん、そんなことはない。ペストでなければいいだけの話だ。おまえには抗議する権利はない。だが、どうして神を煩わせようとするのだ？　おまえは自分がそんなに偉いと思っているのか？　天国がおまえの滑稽な訴えを真面目に取り上げると思っているのかね？　神がいかに寛大かを示してくれるとでも？　人間の前に姿を現すのに、神がどれほど用心深いか知っているだろう。何百人もの聖人たちが、一生をかけて、ほんのわずかな神のしるしが現れるのを待ち続けて、ほとんどが徒労に終わったのだ。それなのに、おまえのようなごくごく平凡な人間の前に神が突如として姿を現すというのか？　おまえは、何か非常に稀有《けう》で貴重な善をこの世界に提供したのかね？」

「そうは言わない」私は答えた。「だが、ペストに罹《かか》らなかったのは事実だ」

「だから？　罹らなかった人間がほかにどれだけいるか。おまえはほとんどずっと家の中に閉じこもっていて、誰も家に入れず、ごくたまに外出するときも、しっかり用心していたじゃないか。それで、どうやってペストがおまえに触れることができただろう？　病気になったら、それこそ不思議だろうに」

「やめてくれ」私は議論を打ち切った。そして気晴らしに友人たちに会いに出かけた。家を出るとすぐに心の平和を取りもどした。魂の奥からのささやきに耳をそばだてたが、何も聞こえなかった。油断のならない声は沈黙していた。

さらに何度か、やつはいかにも親切そうな口調で、私の仕事に関心があるふりを装って話しかけてきた。「今日は少し絵を描いたらどうだね？　陽の光がすばらしいし、休息もたっぷり取っただろう。なぜ、試したことのないモデルに、リゼッタに電話しない？　きっと彫像のようだろう。それに、あの愛らしい笑み。キスをしたいといったら、いやだと言われると思っているのか?」(ここで、やつは薄笑いを浮かべた)「彼女のほっそりした腰に気づいたかね? あの晩、カフェでおまえに挨拶したじゃないか?」

「黙れ!」私は厳しい口調で言った。「おまえが企んでいることがわからないとでも思っているのか? 僕の絵などにはこれっぽちも関心がないくせに。おまえは僕を本の物置部屋の前に連れていきたいだけだろう。おまえはそうさせたいのだ。僕にあの中に入らせたいのだ……」

「おやおや!」声はしつこくからんできた。「おまえのほうから言い出すとはねえ。私はそんなことは考えてもいなかったのに。それにしても、どうしてそれほどまでに恐れているんだね? 今頃はもうリンゴは腐っているんじゃなかったかね? それとも、まだ疑っているのか?」

私は沈黙した。

「よろしい。いいだろう」声は続けた。「もし神がおまえの願いに耳を傾けたとしたら、リンゴはもうないだろう。腐ったのではなく、跡形もなく消えてなくなっているだろう。神はおまえの願いを聞き届けたというわけだ。それなら、どうして見に行くのが怖いのだ?」

私はむきになって言い返した。「怖くなんかない。神は僕をペストから救ってくれた。そ

れで十分だ。それ以上のことは頼まなかった。リンゴを消滅させてくれとは
「なら、それはいったいどんな神なのだ？」やつは力を込めて言った。「おまえを罪から救って、ふたたび罪を犯させるためにリンゴをそのままにしたのかね？」

「リンゴは、悪魔か何かが運んできたのだ」私はますます押され気味になりながら答えた。

「消えて無くならないのも悪魔の仕業だからだ」

「悪魔だって！　おまえはまだわからないのか？　神は関係ないということが。こんな馬鹿げた事柄に神が関わるわけがないだろう」それからやつは、間を置いてからつけ加えた。

「おまえの言い分が正しいことを示しうる証《あか》しはひとつしかない」

「どんな証しだ？」とたずねた私は、すぐに相手の術中にはまったことに気づいた。

「リンゴが無くなっているということさ。もし、リンゴが消えていたら、なるほど、おまえの言うことは正しいということになるだろう」

私は、屋根裏部屋にむかって歩いていた。手には鍵を握って。足音がらせん階段の上で響いた。

リンゴはそこにあった。薄暗がりの中で、色鮮やかで、息を呑むほど美しかった。その見た目の美しさにますます磨きをかけながら、しんぼう強く待っていたのだ。美味しそうな強烈な香りを放って、得意げに私をあざ笑っていた。

ああ、もちろん、驚きはしなかった。心の底ではわかっていた。悲しい出来事に不意打ちされるようなことはめったにないから、とびっきりの冗談を期待していたのに（その場合、あとで葛藤に抗《あらが》えなくなり、不安に駆られて、グラスを持った手が震えるかもしれないが）。だが、最初からわかっていた。だから、小窓から差し込むロマンチックな光を浴びたリンゴを見ても、目を剝《む》くようなことはなかった。

むしろ、心の中では笑っていた。大胆不敵にも。ふてぶてしい態度で笑いながら、やつに言った。「おまえは、言葉巧みに僕をここまで連れてきた。満足かね？　じつに大した策士だよ。だが、僕が本気で言ったと思っているのか？　僕が驚いたとでも？　リンゴがまだあることは、おまえに言われるまでもなく、わかっていたさ。もちろん、あるにきまってる。いったい誰が持ち去るというんだ？　誰がリンゴのことなど気にかける？　この汚らわしい果実は、そうだな、できれば人間が自らを鍛える試金石としてこの地上にあり続ければいい。ある意味、僕にも役に立った。おかげでたくさんのことを学んだ。この先も役立つだろう。自重自戒するようにという、一種の警告としてね。じゃあな」

「待て！」やつは叫んだ。そのとき私は腕をつかまれているような感じがした。やつには形がないし、私の心の奥からわき出てきた思考にすぎない（つまりおそらく存在しない）。だから、こんなことを言うと馬鹿げていると思われるかもしれないが。

「まあ、待て。そう慌てなさんな。まだ話は終わっちゃいないんだ。ほんの二言三言ですむ。そうびくびくしなさんな」

結局、私は留まった。体《てい》よく断ることができなかったからだ。望んでそうしたわけではなかった。強がってはいたものの、私はもう限界だと感じていた。そう、頑張ってはいた。もう大丈夫だと思うときもあった。けれども、抵抗する力はもう尽きていた。あと一押しで、私は抗う力を失って、無防備になってしまうだろう。「不意を衝かれるのが怖いのかね？」やつは、柔らかな物言いでなおも言った。「いまはやめておこうか？　別の機会にするかね？　どうぞお好きなように」

「ぐずぐずしないで、さっさと話せ」私は平静を装いながら言うと、本棚に背中をあずけて、相手が仕掛けてくるのを待った。足の先は、リンゴの山の端にある実に触れそうだった。

「なあ」やつは、予想された反論に答えるように話しはじめた。「なあ、リンゴを一個食べたらどうだね？　あとひとつ食べるか食べないかで、魂が救われるかどうかが決まるというのかね？　おまえは約束を守った。ペストが去ったいま、ふたたび自由の身だ。なにも全部食べろというのではない。たとえ本心ではそうしたいと思っていても……一個食べたくらいで、破滅するわけじゃあるまい」

「わかるものか」私は言い返した。だが、口ではそう言いながら心はぐらついていた。「それにしても、どうしてそんなに食べさせたがるんだ？　なぜ、僕が……」

「美味しいからさ。すばらしく美味だからさ！」やつは、もはや遠回しな物言いをやめて笑った。「いい匂いがするだろう？　さあ、いまのうちに食べるんだ。ひょっとして、おまえは誰かに……」

と、そのとき、あることが起こった。突然、やつが私の外部に存在するもの、私がそれに抵抗する別の存在ではなくなり、私の中にすっぽり入り込んだのだ。魂の善良な部分は押さえつけられてしまった。にわかにやつが望むことを望み、やつが考えるとおりに考えるようになった。先ほどまでの不安やためらいは、自分とは関係のない、つまらない、他人事のように思えた。もう抑えがまったくきかなくなった。私には権利がある、欲望を満たす正当な権利がある。ペストなんか、くそ食らえだ。私はペストを嗤《わら》った。できるものなら、もどってきて、僕に取りついてみろ！　そして、かすかに震える両手で、リンゴを、ひときわきれいで、ずっしりとした実を抱え上げると、口に持っていった。

一個では終わらなかった。我に返り、興奮が収まったとき、やつは、敵は、おそらく満足して去ったあとだった。私はもとの自分にもどっていた。弱くて、不安で、もはや欲望に力を得ることのできない自分に。善良だが、危険を察知しても身を守るすべのない人間に。

誓いを破ったあとしばらくは、不安におののきながら暮らした。何か病的な兆候を、頭痛や微熱を感じるたびに動揺した。いまや、神は私を罰することができた。神にはそうする権利が十分にあるだろう。罰を求め、選んだのは私なのだ。

それから、何ごともなく何日かが過ぎ、ペストのうわさも聞こえてこなくなると、私は元気を取りもどした。徐々に不安は消えていき、やつ（敵）は、遠巻きにではあるが、私の周囲をふたたびうろつきはじめた。夜になると、家のまわりで忍耐強く策動を続け、刻々と距離を縮めているのを感じていた。調子のいいことを口にし、甘美な約束をささやいて、ふたたび私を誘惑しはじめた。それでも私は、断固としてやつを拒絶した。耳を貸さないようにそっぽを向き、それを誇りに思った。邪悪なリンゴに身をゆだねれば、徐々に破滅への道を転がり落ちていくことを重々理解していた。

私は抵抗した。だが、ひとりでは抗しきれないのを、何か支えとなるものが必要なのを感じていた。友人たちと過ごしたり、気晴らしをしたり、美しい娘たちといっしょにいたりしても、十分ではなかった。家にもどると、たちまち苦悩が蘇り、戦わなければならなかった。私はいままではほとんど働いていなかった。アトリエにいれば、リンゴに近いので、それだけ危険が増した。誘惑が強まるのを感じて、仕事を放り出して、下の階に逃げ帰らざるをえなかったことがたびたびあった。そうこうするうちに、神と二度目の契約を結ぶというアイデアがひらめいた。私に傑作を一枚描かせてくれるなら、二度とリンゴには手を触れない、目も向けないし、物置部屋に入りさえしない、という内容の契約を。愚かで迷信的な話だと思われるかもしれない。だが、ある種の内的厳粛さをもって立てた誓いは、私にとって大きな心の支えになった。

じっさいその頃、神は私のそばにいた（それは今日でも確信している）。うれしい驚きとともに、朝早くから私はアトリエにこもり、疲れも知らずに仕事をした。時々、物置部屋からかすかなリンゴの香りが漂ってきても、笑いが洩《も》れるだけだった。

何か月間か私を有名にした絵、私がものにした最後の価値ある作品は、この頃描いたものだった。仕事が進むにつれ、前回とくらべて、新しい契約にはじつに大きなうまみがあると思った。なぜなら、病気にかからないのは――とりわけ当時の私の年齢では――別段不思議なことではなかったし、神が私の願いを聞いてくれたという確かな証拠にもならなかった。疫病にかからなくても、それは、ごく自然な事柄の範疇《はんちゅう》に収まりえた。なので、そこから、ひょっとして私は幻想を抱いているだけではないのか、契約相手のいない空疎な契約を守っているのではないかという疑念が生じたのだった。

それに引きかえ、今回はちがった。あのような傑作――今日この言葉を口にするのはとてもつらいことだが――を描くのは完全に特別なことだった。とりわけ、それまでささやかな成果しか上げてこなかった者にとっては。大げさに言えば、それは奇跡だった。奇跡と言えるのは、その時期私はひどいスランプに陥っていて、絵のアイデアがさっぱり浮かんでこないような状況にあったからだ。アイデアは、誓いを立ててからちょうど二日後に、突然ぱっと浮かんできた。人智を越えた、私のものではない未知の力から授かった贈り物のような気がした。さらに不思議なのは、そのようにスランプだったにもかかわらず、絵をうまく完成できないかもしれないという心配がまったく頭をよぎらなかったことだった。私は、うまく行くと信じていた。勝利を確信していたのだった。あの幸福な日々にくらべたら、リンゴが与える幻想など取るに足らなかった。

契約の中で、私は傑作を二枚や三枚ではなく、一枚描かせてくれるように求めた。すでに私は神から多くを与えてもらっていたからだ。その絵は、展覧会で大きな反響を呼び、私は賞をもらい、世間に認められ、称賛を浴びた。真の名声の始まりだった。だが、こうしたことから得られた満足は、実際のところわずかなものだった。それに、このようなすばらしい作品に匹敵するような絵は二度と描けないのではないかという不安から、喜びは驚くほど小さかった。私は日頃から、本当に描きたいものがないときに頑張って仕事をしようとするのは意味がない、いわゆるスランプの時期には、習作やデッサンか単純な手内職でもしているほうがよいと思っていた。だがあの時は、前作に匹敵する作品を描きたい、いや、それを超える作品が描きたいという強い思いがあった。だから、アイデアが深い感情からおのずと生まれてくるのを待つのではなく、努力してアイデアをひねり出そうとし続けた。私はほどなく仕事にもどった。だが、以前のように静かな気持ちで取り組むことはできなかった。心の中で不安を募らせながらも、朝から晩までがむしゃらに仕事をした。今では前作を、まるでライバルが描いたもののように忌み嫌っていた。誰かがあの絵の話をしてほめたり、雑誌に写真が掲載されているのを見つけたりしようものなら、頭に血がのぼった。神は私を見捨ててしまったのだろうか？

あれから何年も経ったいまでは、悪いのは私だったことを理解している。神を恨むなどお門違いだった。神は約束を守ったばかりか、その上さらに私を助けてくれようとしていたのだ。私は待てばよかったのだ。そうすれば、おそらくある日とつぜん、思わぬ時に、ひとりでにインスピレーションが湧いてきただろう。けれども私は、それまで待てなかった。神の力など借りずに、独力で前作に劣らぬ絵を描けることを示したかったのだ。絵を描き上げると、傑作だと思った。じっさい、それは称賛され、ある美術館がけっこうな額で購入してくれた。だが心の底では、ある声が言っていた。くらべものにならない、こんどの絵は気取っていて、わざとらしくて、よい所があったとしても、それはせいぜい無意識の自己模倣によるものだ。評価されたのは前作の評判のおかげだと。

私は前作の焼き直しを作ったにすぎなかった。新聞は賛辞を惜しまなかった。友人たちもほめてくれた。だがその口調はちがっていた。それにはっきりと気づいた。私の魂は憤りはじめた。

こうして何週間も悶々《もんもん》とした日々を送りながら、私は神と新たな契約を結ぼうかとさえ考えていた。もし三年のあいだに、五枚のすばらしい絵を描かせてくれたら、二度とリンゴに触れないという契約を。私は不滅の魂を弄《もてあそ》びながら、契約内容を何度も書き換え、形振《なりふ》り構わぬ商いに手を染めようとしていた。四倍もの賭け金を得るために、すでに抵当に入れている財産をさらに担保にしようとしていたのだった！

そうしていいただろう。きっと心を決めていただろう。私には、神はふたたび願いを聞いて、私を助けてくれるだろう、という絶対的な確信があった。いまでもよく自問することがある。『神はどこまで慈悲深いのだろうか？』と。おそらく私は誓いを立てていただろう。もしも、三枚目の大きな絵とむなしく格闘していたある午後、やつが不意を衝いてとつぜん現れてこう言わなかったなら。「おまえはもう描けない。神は一度もおまえを助けてはいない。最初の絵の成功は偶然だった。おまえの才能もここまでだ。あれに匹敵する絵は二度と描けまい。おまえの言う契約など幻にすぎない。壁の向こうには、おまえの自由になる美味しいリンゴがある。数歩の距離だ。そこに、確実な至福が待っているのだ。それを味わえば、いいアイデアも生まれるだろうに」

かえすがえすもいまいましいやつだ。やつの手口はお見通しだった。また同じことのくり返しだ。何もかもやつのせいなのだ。私は絵筆を放り出した。物置部屋の鍵を取りに走った。通りに走り出て、運河に向かった。水の中に鍵を投げ捨てた。その瞬間、私はこう考えていた。第一に、これでもう自分の力で錠をこじ開けるのは難しい。第二に、もし物置に入りたければ、扉を開けるすべのない私は、木の扉を叩き割るしかない。そうすれば、すぐにテレーザに気づかれ、彼女は私に説明を求めるか、ただちに警察を呼ぶだろう。どちらも、私を不安に陥れるのに十分な事態だ。第三に、仮に私が痕跡《こんせき》を残さずに扉を開けることができたとしても、ふたたび閉めることができないだろう。きっとテレーザは中に入るだろう。それは、大きな犠牲を払っても、なんとしても避けねばならないことなのは言うまでもなかった。こうして私は、自分を怖がらせるために、天罰の恐怖を、恐ろしさの度合いでは劣るかもしれないが、具体的で、より実感の伴う危険に置き換えたのだった。

はたして、うまく行っただろうか？　最初の何日間かは、やつがもう姿を現さないのを見て、そう思っていた。心の落ち着きを取りもどした私は、仕事に集中できた。ところがある日、かなりはかどった絵を眺めていると、ふと、ある疑念が浮かび上がってきた。そして突然やつがそばに現れた。この間、やつは時間を無駄にはしていなかった。私の防御を破る方法をひねり出すために知恵を絞っていたのだ。やつは、取るに足らないことを私にささやいた。ごくありきたりな助言だ。そのとき、そのアイデアは、私の個人的な古い記憶の中から浮かんできたように思えた。けれども、探り当てたのはやつだった。間違いない。私ひとりの力では思い出せなかっただろうから。つまり、場所と時間はよく憶えていないが、たしかどこかのホテルで、扉か家具の鍵を紛失した人が何の変哲もない針金を使って開け、そして、やはり同じ針金でふたたび閉めるところを目にしたことを思い出したのだ。

つまり鍵がなくても安心はできないということだ。おそらく、ものの数分で作れる簡単な道具で、扉を開けて、閉めることができるのだ。私は錠の内部の構造に疎かった。鍵の形も思い出せなかった。こうした場合に用いるべき技術も心得ていなかった。それでも、さほど重要ではないものをしまっておく物置部屋の扉の錠であることを考えれば、ごく単純なメカニズムにちがいないことは想像がついた。城壁で守られていると信じていたのが、土塀にすぎなかったことに気づいたようなものだった。でも、本当にそうなのだろうか？　私に負かされたあいつが、嫌がらせのつもりで考え出した、けちな意趣返しではなかろうか？　きっとそうだ、間違いない。不器用な私が、扉をこじ開けることなどできるだろうか？　うまく行くはずがない。

それでもやつは、私を見上げて、「うまく行くさ」とささやき続けていた。川に鍵を投げ捨てるなど、とんだ茶番だ、おまえはちっとも安心していない、扉を開けるくらい、子どもだってできると。とうとう私は、じっさいに試してみることにした。金槌《かなづち》やペンチ、釘、電気のコードなどのいろんな金物類がしまってある古い引き出しの中を探して、丈夫な針金を見つけた。その先端を直角に折り曲げると、さまざまな長さで試せるようにペンチも持って、屋根裏部屋に上っていった。

どうして罠《わな》に気づかなかったのか？　それとも、物置部屋を開ける口実を得るために、やつの入れ知恵を無意識のうちに喜んで受け入れたのだろうか？　それともやつは、いつかのように、すでに私の中に入り込みはじめていたのだろうか？　私の心と欲望を操って、その結果、私は善悪の判断がつかなくなっていたのだろうか？　そうにちがいないと、いまにして思う。私はすでに毒されていたのだ。そうだったのだ。やつは危険な悦楽にむかって何も気づかない私を引っ張っていた。

はたして、試してみると一回で、いとも簡単に、錠はすんなり開いた。「カチッ！」という音が静まり返った屋根裏部屋に響いて、ドキッとした。同時に、不安が蘇った。もし、閉めることができなかったら？　テレーザが部屋に入ったら？　リンゴが発見されたら？　合鍵をゆっくり反対方向に回してみた。針金の先が引っかかるのを感じた。カチッ！　錠の中でラッチが押し出された。やれやれ。もう一度試してみよう。カチッ！　もう一度。すぐにコツをのみこんだ。ところがそのとき、あたかも目に見えない手で押されたかのように、ゆっくりゆっくり、扉が開きはじめた。

リンゴはすぐ目の前にあった。以前にも増して赤く、美しかった。染みもなければ、虫もついていない。腐敗の気配すらどこにもなかった。リンゴが帯びている不吉さは、もはや私を恐れさせなかった。だいぶ前から私は、ある考えを抱きながら、それを心のひだの奥底に秘めていた。そして、自分にこう言い聞かせて安心していた。おそらく男も女も、ひとりの例外なく誰もが、心の中に、程度の差はあれ、ある恥を隠し持っているのだ。そして彼らは、いまわの際でさえ、けっしてそれを明かしはしないのだと。

私は無防備だった。茫然と戸口で立ち尽くしていた。あいにく、誰も見ていないという確信に私は気をよくした。善良な考えは次々とぐらついていった。かつて敵に目を光らせていた思慮はどこに行ってしまったのだろう？　でも、どうしてこの喜びを拒まなければいけないのか？　ここにいるのは私が悪いのだろうか？　運命が私を導いたのではないのか？　こう言い聞かせながら、もはや自分がしゃべっているのではないことに気づいていなかった。やつが、悪魔が、私の中に入り込んで、我が物顔で振舞っているのだった。

私は、自分がまだ堕落していなかった遠い過去に、人生を穏やかに歩んでいた頃にふたたび目を向けた。だが、過去を振り返っても、あまり力にはならなかった。つまらない生き方をしていた平凡な年月を懐かしむのか？　それではあまりに情けなくはないか？　魔法のリンゴは、ほかならぬ私を待っていたのだ。私のために、自然の秩序を覆して、腐らずにいたのだ。それに報いるのが、喜んで贈り物を受け取るのが、私の義務ではないのか？

そうこうするうちに、すでに私は部屋の中に入っていた。後ろ手で扉を閉めた。手近にあったリンゴをつかんだ。

もはや何も役に立たなかった。誓いを立てることも、約束を破ったら自分を罰してくれと神に懇願することも、物置部屋に容易に入れなくすることも、ほかのいかなる方法も。時には、自制心を取りもどすこともあった。すると、しばらくはすべて順調に行った。ふたたび自分に力を感じ、自信を回復した。ようやく他人の顔をまともに見ることができた。すると、やつはふたたび腹黒いゲームを始めた。時間を置きながら、さまざまな場所で、悪意のないふうを装い、下心を隠して、私にちょっかいを出してきた。誓いを破らせ、神はこれまで一度も私の言葉に耳を貸してくれてはいないと信じ込ませ、物置部屋に入らせようとする狡猾な考えが、種を撒《ま》かず、雨も光も当たらないのに育つ植物のように、私の中で徐々に芽生えていった。やがて、私の力が弱まった適当な時を見計らって、やつは不意打ちを仕掛けた。するとと私は何日間も、破滅への道を突き進んだ。己の惰弱さを喜んで受け入れ、豚のようにリンゴをむさぼった。そのうち突然、我に返った（それは、いつも早朝に起こった）。そして、ふたたび戦いを始めるのだった。

この時期私は、罪を犯すことより、罪が発覚することをひたすら心配していた。家には、私のほかには、テレーザしかいなかった。テレーザは、アトリエを掃除するときしか屋根裏部屋にはのぼってこなかった。だが時折、私に用のある配達人や額縁屋やモデルがアトリエにやってきた(ああ、私の哀れな芸術よ、あれ以来おまえはなんと惨めなものになってしまったことか!)。私は毎回合鍵を使って物置部屋の扉を閉めていたので、彼らがその中に入る心配はなかった。恐れていたのは、美味しそうな不思議な匂いに気づいて、その出所をたずねられることだった。

私は、彼らの目をのぞき込んだ。大きな声で、のべつまくなしにしゃべりかけた。「そこの階段に気をつけてください……お嬢さん、すてきな靴ですねえ……その雑誌なら、隅に置いてあります……きょうはひどく暑いですねえ……」相手の注意をそらすために必死にしゃべり続けたのだ。だが、彼らは何も感じていないようだった。立ち止まって匂いをかいで、わけ知り顔で目くばせすることもけっしてなかった。だが、まさにそのことが、私を不安にさせた。

話せば長くなる。歳月が流れるにつれ、何度も——その回数はもう思い出せないが——私は新たな恥辱に苛《さいな》まれては、そのたびに誓いを立てた。毎回、私の決心は固く真摯なものだった。そのあと、やつは私を悩ませはじめ、胡散臭い考えを吹き込み、近寄ってきて話しかけ、私の肩に手を置いた。すると、誓いは曖昧《あいまい》なものになり、正直に言えば、もう何も思い出せなくなるのだった。自分で罰を求めたことさえ、作り話のように思えた。私は、まるで別人のような、惨めな人間になり果てていた。

今日でもなお、私は恐れている。もう一か月以上、耐えに耐えて、リンゴがある物置部屋には足を踏み入れていない。だがすでに、やつがこの界隈をうろついているのを感じている。やつのいつもの手だ。私に気づかれないように、遠くから少しずつ近づいてくるのだ。目には見えないが、家の前を行きつ戻りつする。そしてそのあいだ、私は何も知らずに穏やかな日々を過ごし、ついに癒《いや》されたと感じている。そして新しい希望が蘇る。まるで一からやり直せるかのように、この歳で、ふたたび希望が！

やつは、音も立てずに、建物の扉の前を歩いて行ったり来たりする。私は、屋根裏部屋のアトリエで、大きな画布《キャンバス》にむかって絵を描こうとする。私を金持ちで有名にしてくれるにちがいない傑作を。絵筆を握る手は力強く、窓から差し込む陽の光が私に挨拶を送ってくれている。何もかもがいい感じで、安らかな気分だ。

やつは玄関ホールで立ち止まり、階段の最初の手すりに手をかける。おそらく、のぼるべきか、まだ待つべきか迷って、タイミングを見計らっているのだ。最初の数筆で塗った絵具が、豊かな効果を生み出しながら、画布の上で輝いている。私はすでに満足感にひたりはじめている。それから、絵筆を握ったまま、ぱっと振り返って、（閉まっている）扉のほうを見る。外で、誰かが私の名前を呼んだような気がしたのだ。

やつは、ゆっくりと、たしかな足取りで階段をのぼって、近づいてくる。姿が見えないというだけの理由で、管理人も誰もやつを呼び止めることはない。これまでよりもずっとのろのろした歩みで進んでいるかもしれない。たぶん、甘ったるい笑みを浮かべながら私のところにやってくるまでにはまだかなり時間がかかるだろう。だが、もうのぼりはじめている。そして、絵筆を握っていた私の右手は、もはや自信を失ってだらりと垂れ、画布の上の絵具は、色あせて輝きを失っているように見える。いまいましい教会の鐘が鳴りはじめ、空には雲が押し寄せる。そして邪な欲望がすでに生まれようとしている。

そしていま、やつは私の後ろにいる。ドアを開けることなくアトリエに入ってきた。木の床がきしむこともない。両手をそっと私の肩の上に置き、心地よい感覚を呼びさます。温もりがゆっくりと伝わってくる。いまではやつを恐れてはいない。もう憎んではいない。それどころか、あいつが行ってしまうのを恐れている。あいつなしでは、けっして魔法の物置部屋に入る気にはならないだろう。

やがて夜の帳《とばり》がおりる頃、欲望を満たした私が恐怖に襲われるのは、いまからわかっている。私は何度となく神を欺いてきた。毎回、リンゴを食べない代償として、難しい頼みをしてきた。死から逃れること、傑作をものにすること、愛されること。そして毎回神は、私が救われることを期待して、気前よく願いを叶えてくれた（いまではもう、神の介入を疑ってはいない。求めたことは、きわめて迅速かつ正確に実現したのだから）。だが、そのたびに、私は約束を破った。そして次の誓いを立てるときにはいつも、何度となく売り渡してきた善行を臆面もなく差し出したのだった。たとえ今日、恐ろしい不幸が束になって襲ってきたとしても、私は嘆くことはできないだろう。万一私が約束を破った場合に――じっさい、破ったのだが――そうなることは、契約の中であらかじめ取り決められていたのだから。

ともかく、人生の最良の時はもう終わってしまったのではないか、と私は恐れている。いまや私は壮年を迎えた凡庸な画家だ。しばしば、凋落《ちょうらく》に向かいつつある時代遅れの世代のひとりとして紹介される。夢は実現しなかった。おそらく私は成功できただろう。いや、成功したはずだ。あのような絶え間ない苦悩を味わわなくとも。私はここで、誰かの策謀によって、私のためだけに造られた迷宮の中に閉じ込められているような気がしている。たとえば、人に気づかれずに、何年も秘密を隠しおおせたのは、驚くべきことではないだろうか？　淡い慰めだが、自分ひとりではないのだと思うこともある。おそらく、誰もがみな、それぞれ魔法のリンゴを隠しているのだ。みな、ちょっと長く目をのぞき込まれるたびに、心の底で震えるのだ。おそらく誰もが、けっして開けようとしない、この奇妙な袋を一生背負っているのだ。でも、ひょっとしたら、そうではなく、じっさいには私だけなのかも、私はこの世界にたったひとりきりなのかもしれない。そして、ほかの人々はまったく穢《けが》れを知らないのかもしれない。私は、高貴な異国の園の中でただひとりの癩病《らいびょう》やみなのだ。

そして、リンゴが与える喜びも尽きようとしているのではないかという予感が、しばらく前から私を苦しめている。失いうるものは失った。やつは満足しているにちがいない。おそらくこれ以上は、人間の魂に求めることはできないだろう。おまえはもう私を苦しめる必要はないということだ、このろくでなしめ！　私は常におまえの忠実な家来だった。それは否定できまい。私は一度も「いやだ」と言う勇気がなかった。おまえはほんの一押しするだけでよかった。さて、これからどうする？　なぜ、そんなふうに笑うのだ？　待て、ちょっと待て。

どういうことだ？　私を見捨てるつもりか？　行ってしまうというのか？　おい、頼むから、ちょっと待ってくれ。あと一回、あと一回だけだ。あれほど私を手玉に取っておいて、いまさら拒むというのか！

だが、やつは本当に行ってしまった。無の中に消えてしまった。とことんいまいましいやつめ！　ああ、こうなることはわかっていた。もう私が裏切る心配はない。おまえは、いつでも私の名前を呼ぶことができるのを、私が従わざるを得ないことを知っている。壁の向こうでは、魔法のリンゴがついに腐り、どろどろになって悪臭を放ちはじめている。もう私をそそのかす必要はない。いまとなっては要らぬお節介というものだろう。口の中で苦い味がする。家の中のどこかから、昔から慣れ親しんだ物音がふたたび聞こえてくる。ピアノ、振り子時計のカチッ、カチッという音、水道管の中で水がごぼごぼいう音、風の声。まるでよどんでいた空気が流れはじめたかのように、楽に息ができる。屋根裏部屋にやってくる人々がそこらを自由に歩きまわっても、心臓がドキドキすることはないだろう。やつはもう遠くに行ってしまったにちがいない。

だが、いまさらどうだというのだ？　私の心は氷のようだ。雨水が悲しげな音を立てながら、庇《ひさし》から滴り落ちてくる。私は、不安に駆られてまわりを眺める。ああ、どうして抵抗できただろう？　私は最善を尽くした。誓ってもいい。わが身に起きたことは、はるか昔から記されてきたことなのだ。定めだったのだ。それを阻むことはできなかった。

けれども、誰も答えなかった。神は永遠に私の家から出て行ってしまったようだ。ずっと前に、気づかぬうちに、私を見捨ててしまったにちがいない。そして、もういくら嘆いたところで、耳を貸してはくれないだろう。それに、神に差し出せるものが私に残っているだろうか？　リンゴはすっかり価値を失ってしまった。魔力を失い、腐りゆくただの物質になってしまった。

明日か明後日には、テレーザに物置部屋を掃除させよう。かつて恩寵《おんちょう》として願い求めたことが実現した。だがいまや、それは解放ではなかった。もはや、安らぎを与えてくれるわけでも、希望を蘇らせてくれるわけでもない。むしろ反対に、もう希望を抱くことができないことを意味していた。リンゴが無くなるということは、私の刑が執行されたということだ。私は井戸の底に沈んで、もうそこから浮かび上がれないのだ。

希望は失われた。いまでは私は、哀れな空想と仮説にすがりついている。たとえば、じっと待っているうちに、神がこれまで返済を猶予してくれている負債のことも、おそらく月日の流れとともに、段々と忘れてしまうのではないかと、そう考えている。おそらく私はわが身に起きたことを信じられなくなるだろう。そして、あいつが私の人生から消えたいま、新たな幻想が育ちはじめるだろう。やつの足で周囲の道や私の家の敷居が汚されることは二度とないだろう。夜、アトリエでひとり座って、ランプの光で本を読んでいるときに、子どもの頃のなじみの守護天使がふたたびそばに来てくれるだろう。最後に合鍵で開けた物置部屋の扉は、風が吹く夜にはかすかにきしみを立てながら、半開きのままになっているだろう。誰かが、中をのぞき込んで、隅々まで調べても、私がおびえることはないだろう。誰かにたずねられるかもしれない。「奇妙な匂いですね？　どこから匂ってくるんでしょう？」「何年も前にリンゴがあったのです。それで、変な匂いが残っているのです」私は、ようやく安心して、ほほえみながら答えるだろう。

　これですべて片が付いたのではないだろうか？　あれは一種の夢ではなかろうか？　けれどもそのとき、疲れた魂が肉体から離れる死の瞬間を思い浮かべずにはいられない。ふたたび幻想を抱いた私の魂は、遥《はる》かかなたにある至福の扉に近づく。すると、大天使が疑り深いまなざしを旅人に投げかけながら、扉を開けようとする。中から永遠の光が垣間見える。私は中に入ろうと、最初の一歩を踏み出す。これまで味わったことのない喜びが心にあふれる。滂沱《ぼうだ》の涙が早くも私の頬《ほお》をぬらす。と、そのとき、あいつが私の背後に忍び寄る。ああ、どうしてやつが、最後の期限を見過ごしたりするだろう？　私からは見えないものの、いやらしい笑みを浮かべて私の背後に立つ。そして手で「ノー」という合図を、私が天国に属する者でないことを示すお決まりの合図を送る。大天使にむかってニタニタ笑いながら、彼の早とちりをからかう。私は、ぎゅっとつかまれるのを感じ、歩みを阻まれる。足元で地獄がぽっかり口を開く。そのあいだに、天国の扉はゆっくりと閉まり、私は闇の中に取り残される。

　そのときあいつは、私の顔の上に立って、激しく踏みつける。私の悲鳴を聞きつける者は、この宇宙にひとりもいない。やつは満足げに笑う。そして私の上を飛びまわりながら、こう言うのだ。「吐け、吐き出せ、おまえの黒い魂を！」

訳者あとがき

イタリアの大手新聞社の一つ「コッリエーレ・デッラ・セーラ」紙の記者として働くかたわら作家活動を始めたブッツァーティは、一九三三年、二十七歳のときに『山のバルナボ』で作家としてデビューし、三五年には『古森の秘密』、四〇年には、小説家としての評価を決定づけることになる『タタール人の砂漠』を発表する。これらの三作品はいずれも長篇だが、じつは彼は三〇年代の半ばからすでに短篇小説も手掛けており、自身も編集にたずさわっていた「コッリエーレ」社の月刊雑誌「ラ・レットゥーラ」をはじめ、「イル・コンヴェーニョ」、「オムニブス」、「イル・ポーポロ・ディ・ロンバルディア」といった雑誌や新聞上に発表されたそれらの短篇は、アフリカでの一年間の特派員生活を終えて帰国後、戦争の時代のさなかに、短篇集『七人の使者』（一九四二年）としてまとめられて出版される。戦後も、短篇集の刊行は、『スカラ座の恐怖』（一九四九年）、『バリヴェルナ荘の崩壊』（一九五四年）と続き、ブッツァーティは短篇小説の名手としても知られるようになる。五八年には、既刊の短篇集に収録された作品群と未刊の作品の中から六十の短篇を自ら選んだアンソロジー『六十物語』で、イタリアの権威ある文学賞のストレーガ賞を受賞している。彼の文学の特徴である幻想性や寓意性は長篇・短篇を問わず共通するものだが、イメージの鮮やかさやキレのある展開の妙は短篇ならではのものだろう。

今回、このオリジナルの翻訳短篇集に収めたのは、最初の三つの短篇集から訳者が自由に選んだ二十の作品である。執筆された時期から言えば、初期から中期にかけての作品と位置付けられる。

『山のバルナボ』から『タタール人の砂漠』までの長篇では、山や森、辺境の砦といったシンボリックな意味を帯びた非日常的な場所が舞台となっていたが、短篇作品ではむしろ日常的な世界で物語が展開することが多い。その日常的な世界に不可解で非合理な事象が生じることによって、自明で安定的なものと思われていた現実世界は揺らぎはじめ、謎めいた姿を見せてゆく。古典的な幻想文学では、現実世界に超自然的な存在が侵入してきて、自然の法則と超自然の法則が正面から対立・相克するのに対して、ブッツァーティの作品は、自然の法則に支配されているはずの現実世界そのものが、徐々に理解しがたい奇妙で異様な様相を帯び始め、やがては超自然な出来事も自然なものとして受けとめられてしまうような過程を経ることを好む。つまり、現実に対峙するもうひとつの世界の描出を目指すのではなく、現実そのものが内包している非現実性、不確実性、不可解性を露わにする方向に向かうのである。とは言え、それは彼の物語の典型的な在り方の一つにすぎず、仔細に見るとその作品世界は、現実と幻想が奇妙に入り混じった物語から、ほとんど寓話のように思えるもの、あるいはアイロニーやユーモアに味付けられたお話まで、多様で幅広く、けっしてひと括りにして論じることはできない。じっさい、このアンソロジーに収められた作品を読んでいただければわかるように、取り上げられるテーマやモチーフやテイストもじつにさまざまである。

以下、各話毎に、訳者なりの読みを含んだコメントや対談から引用した作者の言葉などを記したので、参考にしていただければと思う。

「チェーヴェレ」(『七人の使者』所収)

ブッツァーティは、一九三九年から約一年間、特派員としてアフリカに滞在しており、この作品にはそのアフリカ体験が反映している。チェーヴェレと死者たちが向かう場所とは、「幾千幾万の年月が過ぎ去っても人間の喜びが減ることはない」世界である。ブッツァーティが描く世界像のもっとも根本的な要素のひとつは〈時間の破壊性〉であるが、ここでは、死後の世界が、時間の非人間的で仮借のない力からの救済を暗示するユートピアとしてとらえられている。だが、この「未知の楽園」は、チェーヴェレと彼がそこからやってくる彼岸の世界の存在を悠久の昔から信じてきた「黒い魂」たちのものであり、もはや無垢なる始原の信仰を失ってしまった文明人たちに向けて開かれた領域ではない。未知なる領土を目指して原始の森の川を行くチェーヴェレと死者たちの旅は、調和的世界への回帰を語る神話であるが、現代人の眼差しから見れば、それはもはや迷信か、あるいは失楽園の苦い神話にほかならない。

「騎士勲章受勲者《カヴァリエーレ》インブリアーニ氏の犯罪」（『バリヴェルナ荘の崩壊』所収）

些細な行為が、恐るべき重大事、取り返しのつかない結果へと発展してしまう恐怖を描いた短篇「バリヴェルナ荘の崩壊」と同じように、本作の主人公も、意図せずして不条理な運命にからめとられてしまう。悪夢のような状況を生み出しているのは、原因（罪）に対する結果（罰）のアンバランスな重大さである。

「変わってしまった弟」（『バリヴェルナ荘の崩壊』所収）

手のつけられない悪童だった弟が、寄宿学校に入れられた日を境にしてまったく別人のように性格が一変してしまったことに、兄の「私」が薄気味の悪い思いを抱き続ける。血を分けた肉親というもっとも身近で気の置けない存在が、突然よそよそしい他者、未知の異邦人へと変貌することによって、それまでの日常性が揺さぶられ、現実世界に生じた不整合がきしみを立てはじめるのである。作者によれば、この短篇は、共産主義思想などへの洗脳による人格の変貌をテーマにしているという。だが、戦慄すべき人格の変化が、語り手によっていみじくも

「別の世界」と評される寄宿学校への収容、言いかえれば、抑圧を経ることによって生じるというプロセスは、フロイトが「不気味なもの」という小論の中で分析して見せた説、すなわち
「見慣れたもの」が無意識世界への抑圧を経て「不気味なもの」として再浮上するという理論の構図と重なり合う点で興味深い。もっともブッツァーティは精神分析には批判的で、疑いの目を向けていたようだが、彼の描く物語ではしばしば、〈恐怖〉や〈不安〉を生み出す心理的なメカニズムが〈幻想〉の生成装置として巧みに組み込まれているように思われる。
「新しい警察署長」(『スカラ座の恐怖』所収)
この短篇では、旗が重要な小道具として使われているが、それが黄色い色をしていることに着目したい。「黄色」はブッツァーティの作品中に頻出する象徴的な色で、それは不安や苦悩、災いなど、ネガティヴなものを暗示している。絵画作品にも黄色を基調にしたものは多い。

「剣闘士」(『バリヴェルナ荘の崩壊』所収、『六十物語』再録)
ブッツァーティの作品には、(架空の生き物も含めて)動物が登場するものが少なくない。しばしば寓意的な趣を与えるその種の物語群は、現代風「動物寓話」と呼んでもよいかもしれない。ブッツァーティは、「動物たちは、迫害、復讐、攻撃、神秘といった観念を具象化するのに役立つ」と言う。この短篇でも、蜘蛛は、迫害される者、罪なき罰に苦しめられる者、すなわ

ち存在と生の不条理をその身に体現するシンボルとして描かれる。動物の目から見れば、人間の気紛れな悪意は、理解を越えた不条理な運命の力そのものと映る。動物たちは、人間との関係において、不条理な迫害を受ける弱者であり、不可解な運命の犠牲者の役割を演じるのだが、それは同じように生と存在の不条理に翻弄される人間自身の無力さ、現象世界の不合理さを表す象徴でもあろう。そのことを暗示するように、物語の結末では、蜘蛛の命を弄ぶ高僧の背後の虚空から、彼の名前をささやく神秘的な声が聞こえてくる。彼自身もまた、いつ何時不可解な運命の網にとらえられ、犠牲者の立場に引きずりおろされるかわからないのである。

「家の中の蛆虫」(『バリヴェルナ荘の崩壊』所収)

「蛆虫」を意味するイタリア語の verme には、「卑しむべき人物」「虫けらのように取るに足らない存在」という比喩的な意味がある。また「寄生虫」を指すこともある。主人公は、中学時代の友人を名乗る男と知り合い、じわじわとその影響力にからめとられていくのだが、「誰だろう?　はじめて見る顔ではなかった。けれども、名前が思い出せなかった」という言葉に、〈不気味なもの〉に潜在している〈親近さ〉、一見相矛盾するようにも思えるその二つの性質が、実は一枚のコインの表と裏のように、意識されないところでは一体であることが暗示されているのではないだろうか。じっさい、物語の結末は、主人と影の立場が逆転するアンデルセンの「影法師」を連想させるところがあり、とすれば、この作品は、幻想文学の一大テーマである

〈分身〉の主題にひねりをきかせた寓話として読むことも可能かもしれない。そのように解した場合、ここに登場する、得体がしれないと同時にどこかなじみがあるようにも思える人物は、意識下の領域に追放され疎遠にされたものが、得体のしれない〈他者〉として外在化したものとは言えないだろうか。意識は、自ら抑圧した無意識に意外な形で直面することによって困惑すると同時に、その不気味な影響力の前に為すすべがないのである。

「リゴレット」（『バリヴェルナ荘の崩壊』所収、『六十物語』再録）

ブッツァーティに特徴的なテーマの一つである破滅的《カタストロフィ》な事態を描いた作品。彼の描くカタストロフィでは、しばしば科学技術の暴走と破綻がモチーフとなっており、わずかな歯車の狂いによって悪夢のような大惨事を現実化させてしまう脅威が潜む技術化社会の危うさと、そのような世界に生きている我々の不確実な存在の条件を炙り出している。平穏な日常世界もいつ異常な事態が起きて突然崩れ去ってしまうかもしれないという認識。それは、新聞記者として日々、事件や事故や災害などの報道に関わっていた作者にとっては、言わば現実感覚だったのかもしれない。三・一一を経験した我々にとっても、この物語は幻想ではない。

「エレブス自動車整備工場」（『バリヴェルナ荘の崩壊』所収）

抗うことのできない生の破壊者・略奪者としての〈時間〉の主題とファウスト的主題が結び

ついた作品。イヴ・パナフィウとの対談の中でブッツァーティは、〈時間〉というものについてこう語っている。「人間はけっして時間には勝てません。だから、いつも幻滅が訪れるのです。時間は恐ろしい速さで人間に向かってきます。どんなに活動的で、果敢で、屈強で、疲れしらずの者であっても手にすることができないような速さで。時間は常に人間をむさぼり食い、破壊するのです」

「個人的な付き添い」（『スカラ座の恐怖』所収）

語り手の前に折々に姿を見せる不思議な男は何者なのか？　守護天使か、それとも〈死〉の寓意が込められたあの世からの使者なのか？　その解釈は読者にゆだねられている。ところで、フロイトは、無意識のうちに潜む強迫観念の表れである「意図せざるくり返し」が不気味な感情を呼び起こすというが、ブッツァーティの作品の中でもしばしば反復的な事象が効果的に用いられ、それによって日常世界は徐々に幻想や悪夢の様相を帯びてゆく。この作品もその例の一つと言えるだろう。また、謎めいた存在に一生を通じて追いかけられるという点では、短篇「コロンブレ」も連想させる。

「巨きくなるハリネズミ」（『スカラ座の恐怖』所収）

ブッツァーティの作品の中で、迫害される者、罪なき罰に苦しめられる者として描かれる動物は、時として超自然的な力や不吉な魔力を発現させて、人間たちに対して反逆・復讐し、そのとき人間と動物の力関係は逆転する。動物たちの苦悩や悲劇は、人間存在をも含む世界の不調和の表象であり、その反逆は、人間たちの存在状況の不毛を暴露し告発する意味をもつと言えよう。ブッツァーティはパナフィウとの対談の中で、好んで用いる表現手法として「反復」と「漸進」の二つを挙げているが、この作品でも、部屋に現れる度にハリネズミが巨きくなり、主人公が不安と恐怖を募らせてゆく展開にそれらの手法が効果を発揮している。ちなみに『モレル谷の奇蹟』(河出書房新社刊)には、この短篇に登場する怪物的な動物のイメージに通じる「悪魔のヤマアラシ」(Il diavolo porcospino)という絵が収められている。原タイトル中のporcospino はたしかに「ヤマアラシ」を意味するのだが、ややこしいことに、この語は「ハリネズミ」を指して使われることもある。描かれた動物の特徴を見るとむしろハリネズミのようにも思えるのだが、はたしてどちらなのだろう。

「魔法にかかった男」(『スカラ座の恐怖』所収、『六十物語』再録)

『タタール人の砂漠』の主人公ドローゴをはじめとして、ブッツァーティの小説の中には、無常に過ぎ去ってゆく時間(クロノスの時間)の中で、ある奇跡の瞬間(カイロスの時)を追い求める登場人物が描かれる。この物語の主人公で、満たされない思いを抱きながら平凡な人生を送る中年男のガスパリもまた、そのひとりである。無意識の衝動に導かれるままに彼は、通常の山道（卑小な事物で成り立つ日常の世界）から外れて、谷間（幻想の領域）に下ってゆく。それは言わば、「英雄」として生まれ変わるための秘儀参入の道行きである。だが、そのためには、彼は高い代償を払わなければならない。

「機械」（『バリヴェルナ荘の崩壊』所収）

ＳＦ的でもあるこの物語のヒントになったのは、ベッルーノにある作者の生家の近くを流れるピアーヴェ川の河原に設置されていた石を砕く破砕機だという。だが、このお話には政治的な寓意も込められているそうで、例えば共産主義のように巨大で恐るべき機構（機械）も、壊れるときには小さな一撃によってあっけなく崩れ去ってしまう非常に脆い面も持っていることを暗示しているのだというのである。もちろんこの作品が書かれたのは、ベルリンの壁崩壊やソ連解体が起こる遥か以前のこと。作者の慧眼と言うべきだろう。

「ヴァチカンの烏」（『バリヴェルナ荘の崩壊』所収）

いわゆる〈変身〉の主題を扱った作品。ブッツァーティの作品に描かれる動物への変身は、堕落、無能性、疲弊などと結びつき、悪夢的性格を帯びる。この物語では、精神的・倫理的堕落が主人公のアントニオを人間の世界から動物の領域へと転落せしめる。ふたたび人間の世界に復帰するために、彼は厳しい試練に直面して罪を浄化しなければならない。動物の状態は、煉獄における贖罪の経験なのである。

「新しい奇妙な友人たち」(『スカラ座の恐怖』所収)

ブッツァーティは死後の世界を舞台にした作品をいくつも残しているが、あの世を、愛や欲望や不安や恐怖をもはや感じることのできない無感動で不毛な世界、時間が止まっているかのような希望のない不動の世界として描いている点で、本作は、一九六九年に発表した、絵とテクストからなる作品『劇画詩』(*Poema a fumetti*)を先取りしている。

「あるペットの恐るべき復讐」(『スカラ座の恐怖』所収)

ブッツァーティは夢をヒントにした作品をいくつか残しているが(例えば、短篇「バリヴェルナ荘の崩壊」など)、この作品は、ある若い女性から聞いた夢の話が基になっていて、その内容がすばらしかったので、小説の形で再現したのだという。たしかに、夢特有の奇妙な肌触りを感じさせる。

「大蛇」(『バリヴェルナ荘の崩壊』所収)

これも一種の動物もので、この作品における動物(大蛇)は神秘のシンボルと言えようか。だが、物語の焦点は大蛇そのものというよりはむしろ、謎めいた生き物の存在をめぐる人間たちの振る舞いのほうに当てられている。幻想、リアリズム、寓意、アイロニーが混ざり合った一篇である。

「偶像崇拝裁判」（『バリヴェルナ荘の崩壊』所収）
ブッツァーティには、禁忌《タブー》を主題とした寓話的な物語群が存在する。それらの構図は類似しており、ある国家や町において、法による強制力や暗黙の掟によって、ある行為が、その社会にとって危険なもの、好ましからぬものとして抑圧され、禁じられるのである。だが、内的欲求の自然な発露や精神の自由な活動を抑え込もうとする外からの社会の圧力は、結局、抑圧された欲動の意識的あるいは無意識的蜂起によって覆される。

「勝利」（『バリヴェルナ荘の崩壊』所収）
誰からも顧みられることのない孤独な人生を送った男が亡くなったとき、町は突如として夢幻的な祝祭の場に変貌し、彼は一転して世界の主役になる。カーニヴァレスクな幻想はどこかフェリーニ監督の映画にも通じる。

「聖アントニウスの誘惑」（『バリヴェルナ荘の崩壊』所収、『六十物語』再録）
エジプトの砂漠で孤独な禁欲生活を送る聖アントニウスの前に悪魔の群れや女性の幻が現れ

て彼を苛む場面は、グリューネヴァルト、ボス、ショーンガウアーなどが取り上げた絵画の主題として有名だが、この短篇は、作家の生家のあるベッルーノで、ある秋の日の午後にヴィゼンティン山の上に見たすばらしい雲が着想のきっかけになったという。雲そのものに焦点を当てたこの作品以外にも、彼の小説を読んでいると、しばしば印象的な雲の描写にでくわす。絵画作品にも、「雲」というタイトルの作品がある（東宣出版刊『絵物語』所収）。

「屋根裏部屋」（『スカラ座の恐怖』所収）

タイトルにもなっている〈屋根裏部屋〉は、ブッツァーティの小説世界では、人間の心の奥底に隠されている領域を象徴する場である。静寂と忘却の中に沈んでいる、このほの暗い領域は、意識と無意識との思いがけない遭遇が起こる場である。その屋根裏部屋に魔法のように忽然と出現したそのリンゴは、どうやら禁断の木の実らしいのだが、神話の世界のシンボルが現実の世界に現象化するとき、物語は寓話とも幻想ともつかない様相を帯び始める。この謎めいたリンゴは、人間の心の内奥に潜む隠れた欲望を暗示していると解釈することもでき、ブッツァーティは、フロイトが「禁忌《タブー》による禁止」の精神メカニズムの分析をとおして説明したような、無意識的欲動の抑圧が生み出す強迫的・神経症的な心理状況を鮮やかに物語化してみせている。

さて、訳者にとってもうれしいことに、この短篇集に引き続いて、東宣出版からブッツァーティの作品集が刊行される運びとなった。未訳作品の紹介を通じて、この異色の作家の魅力を読者とともに再発見する機会となることを願っている。

二〇一七年十一月

長野徹

本作品中には、今日の観点からみると差別的ととられかねない表現が散見しますが、作品自体の持つ文学性および歴史的背景に鑑み、使用しているものです。差別の助長を意図するものではないことをご理解ください。（編集部）

［訳者紹介］
1962年、山口県生まれ。東京大学文学部卒業。同大学院修了。イタリア政府給費留学生としてパドヴァ大学に留学。イタリア文学研究者・翻訳家。児童文学、幻想文学、民話などに関心を寄せる。訳書に、ストラパローラ『愉しき夜』、ブッツァーティ『古森の秘密』『絵物語』、ピウミーニ『逃げてゆく水平線』、ピッツォルノ『ポリッセーナの冒険』、ソリナス・ドンギ『ジュリエッタ荘の幽霊』など。

ブッツァーティ短篇集 I
魔法にかかった男

2017年12月13日　第1刷発行
2023年 7月 7日　第3刷発行

著者
ディーノ・ブッツァーティ

訳者
長野徹（ながのとおる）

発行者
田邊紀美恵

発行所
有限会社東宣出版
東京都千代田区神田神保町2−44　郵便番号101−0051
電話（03）3263−0997

ブックデザイン
塙浩孝（ハナワアンドサンズ）

印刷所
亜細亜印刷株式会社

乱丁・落丁本は、小社までご送付ください。
送料小社負担にてお取り替えいたします。

ISBN978-4-88588-094-0　C0097

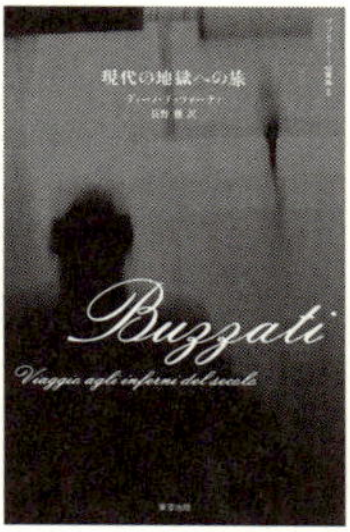

ブッツァーティ短篇集 II

現代の地獄への旅

ディーノ・ブッツァーティ

長野徹訳

ミラノ地下鉄の工事現場で見つかった地獄への扉。地獄界の調査に訪れたジャーナリストが見たものは、一見すると現実のミラノとなんら変わらないような町だったが……。美しくサディスティックな女悪魔が案内役をつとめ、ジャーナリストでもあるブッツァーティ自身が語り手兼主人公となる「現代の地獄への旅」、神々しい静寂と詩情に満ちた夜の庭でくり広げられる生き物たちの死の狂宴「甘美な夜」、小悪魔的な若い娘への愛の虜になった中年男の哀しく恐ろしい運命を描いた「キルケー」など、日常世界の裂け目から立ち現れる幻想領域へ読者をいざなう15篇。

四六判変形・２５１頁・定価２２００円＋税

ブッツァーティ短篇集 Ⅲ

怪物

ディーノ・ブッツァーティ

長野徹訳

〈なんてこった！　おれたちは入っちまった！……〉謎のメッセージを残し、地球の周りを回りつづける人工衛星の乗組員が見たものとは？……人類に癒しがたい懊悩をもたらした驚愕の発見を語る「一九五八年三月二十四日」、古代エジプト遺跡の発掘現場で起きた奇跡と災厄を描く「ホルム・エル＝ハガルを訪れた王」、屋根裏部屋でこの世のものとは思われない、見るもおぞましい生き物に遭遇した家政婦兼家庭教師の娘が底知れぬ不安と疑念にからめとられてゆく「怪物」など、幻想と寓意とアイロニーが織り成す18篇。

四六判変形・259頁・定価2200円＋税

絵物語

ディーノ・ブッツァーティ

訳・解説　長野徹

「わたしの本職は画家です」——現代イタリア文学の奇才ブッツァーティが、ペンと絵筆で紡ぎ出す、奇妙で妖しい物語世界。絵画にテクストを添えた「絵物語」54作品に、掌篇「身分証明書」とエッセイ「ある誤解」を収録した画文集。解説・年譜も掲載。

わたしにとって絵を描くことは、趣味ではなく、本職である。書くことのほうが、わたしにとっては趣味なのである。だが、描くことと書くことは、詰まるところ、わたしには同じことだ。絵を描くのも、文章を書くのも、同じ目的を追求しているのだから。それは物語を語るということだ。——本書「ある誤解」より。

B5判変形・174頁・上製本・定価4000円+税